書下ろし

木《こ》の実《み》雨《あめ》

便り屋お葉日月抄⑦

今井絵美子

祥伝社文庫

目次

千駄木「戸田家鷹匠屋敷」
不忍池
上野
湯島天神
神田明神
昌平坂学問所
神田川
牛込御門
江戸城
北町奉行所
南町奉行所
日本橋
照降町
葭町「山源」
八丁堀
浅草寺
蔵前
柳橋
両国橋
両国広小路
大川（隅田川）
永代橋
鉄砲洲
本所
寺嶋村
向島
源光寺
石原町
尾上町
「汀亭」
竪川
大横川
小名木川
十万坪
深川
門前仲町
増上寺
芝神明宮
品川
北
西
東
南

「木の実雨」の舞台

■雑司ヶ谷「内田家鷹匠屋敷」

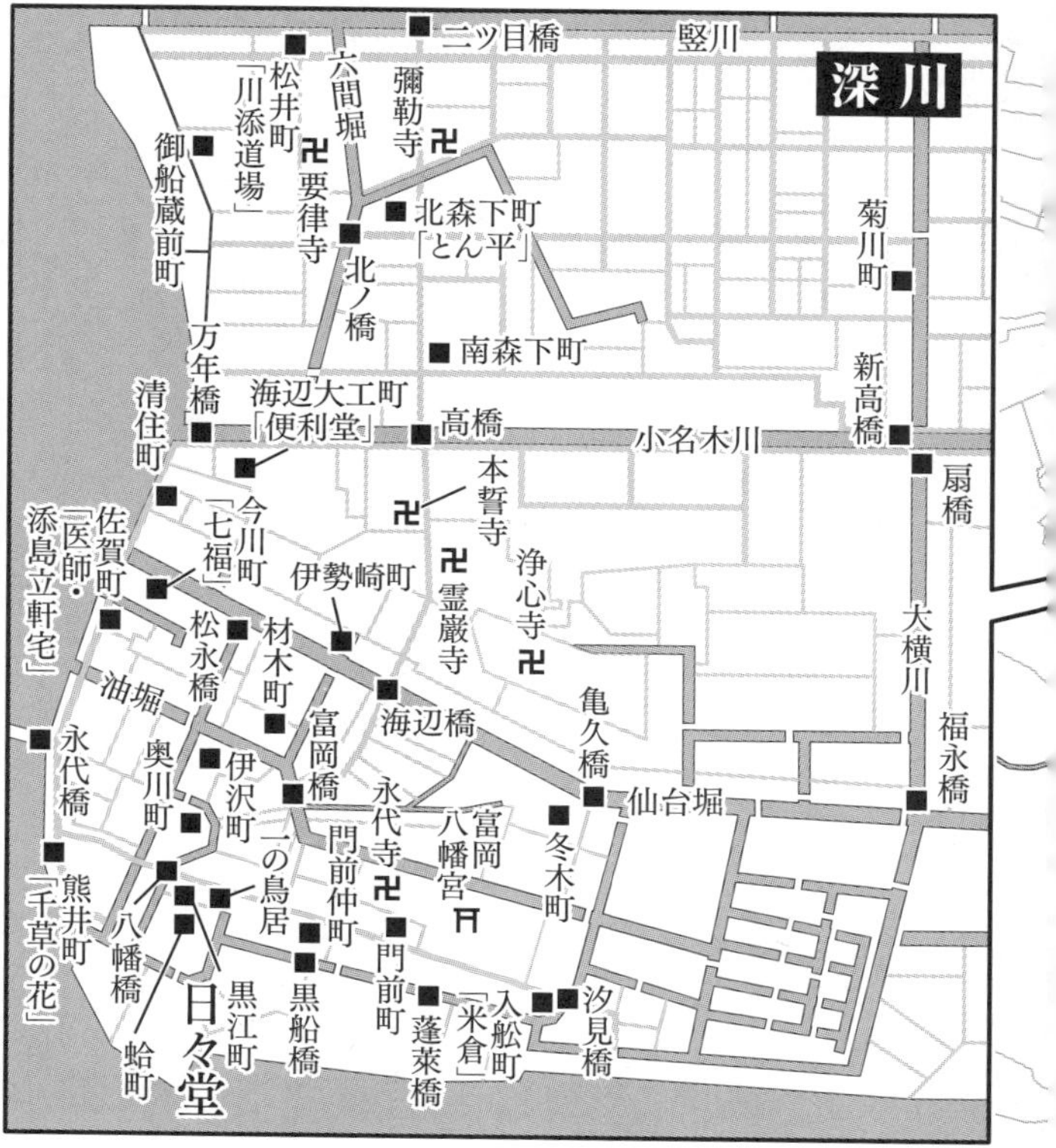

木《こ》の実《み》雨《あめ》

「では、おぬしが桜木家《さくらぎ》の若党《わかとう》に文《ふみ》を託《ことづ》けてかれこれ一月《ひとつき》が経《た》つというのに、小弥太《こやた》からなんら返事がないというのだな？」

川添耕作《かわぞえこうさく》は蕗味噌《ふきみそ》を嘗《な》めたような顔をして、懐手《ふところで》に、うーんと天井《てんじょう》を見上げた。

「日々堂《にちにちどう》の若衆《わかしゅ》に届けさせたのですが、その男が言うには、応対に出た若党が戸田《とだ》龍之介《りゅうのすけ》というのは誰だとしつこく訊《たず》ねたそうでしてね……。取り敢《あ》えず預かっておくということで受け取ってはくれたのですが、突っ慳貪《けんどん》で取りつく島がないその態度に、遣《つか》いに行った男が這々《ほうほう》の体《てい》で逃げ帰って来たといいます」

龍之介がそう言うと、師範代の田邊朔之助《たなべさくのすけ》が首を傾《かし》げる。

「まさか、その若党が文を握《にぎ》り潰《つぶ》してしまい、小弥太の手に渡っていないということはなかろうな？」

龍之介と耕作が顔を見合わせる。

「まさか……」

「それは考えられません。婿養子《むこようし》といっても、若党から見れば小弥太は主人《あるじ》……。家士《し》に勝手な真似《まね》が許されるはずがありません」

龍之介の言葉に耕作は頷《うなず》いたが、少し間を置いて、いや、握り潰したのが若党でなければ、あり得《う》る話かもしれない……、と呟《つぶや》いた。

「と申しますと？」

龍之介が耕作を瞠《みつ》める。

「若党が文を小弥太に渡す前に舅《しゅうと》の……、なんと申したかのっ……」

「桜木直右衛門《なおえもん》どのでございますか？」

「おう、その直右衛門どのに文を見せたとすれば……」

「では、直右衛門どのが文を握り潰したと仰《おお》せなのですか！」

龍之介が思わず甲張《かんば》った声を出すと、田邊も仕こなし振りに相槌《あいづち》を打つ。

「そうよ、それに違いない！　いや、待てよ。若党は登和《とわ》とかいう妻女に渡したのかもしれない……。いずれにしても、小弥太は桜木家においては新参者《しんざんもの》……。しかも、格下の家から婿に入ったとなれば、若党が本人に直接渡す前に旦那《だんな》さまに見せるべきと思ったところで不思議はないからよ」

「だが、そうだとしても、なにゆえ、わたしの文を小弥太に見せずに握り潰すのでしょう。文の中身を読まれたとしても、道場を辞《や》めると伝え聞いたが、なにゆえ辞めるのか、あれほど剣術が好きだったおぬしが辞めるというのはそれなりの理由《わけ》があるのだろうが、それならそれで説明してもらわなければ、師匠も師範代も理由が解《わか》らずに怪訝《けげん》に思っておられる、どうかご一報を……、と認《したた》めただけで、特別なことは書いていませんからね。わたしにはどう考えても解《げ》せません」

龍之介が訝《いぶか》しそうな顔をする。

「ということは、小弥太は文を受け取ったが、座視したということ……。つまり、門《もん》番同心《ばんどうしん》の家格を得たら、もう、俺たちには関わりたくないということか！　小弥太の奴、そこまで慢心したとは……」

田邊が怒りに身体《からだ》をぶるると顫《ふる》わせる。

龍之介は慌《あわ》てた。

「師範代、そう決めつけては小弥太が可哀相《かわいそう》です。何か事情があるのかもしれませんし、もう少し様子を見るより仕方がないでしょう」

「いや、もう止《よ》そう。あれほど稽古《けいこ》に熱心だった男が、婿入りしたからといってそうそう簡単に剣術を捨てられるはずがないと思い、何か理由《わけ》があるのではと思ったまでだが、こちらは一応筋を通した……。それでもうんともすんとも言ってこないのであれば、これ以上、詮索《せんさく》することはないだろう。小弥太の件はきっぱり忘れることにしようぞ！」

田邊も頷く。

「それがようございます。そういうことだ！　戸田、手間を取らせて悪かったな」

それで龍之介は川添道場を辞したのであるが、耕作や田邊のように、そんなにあっさりと小弥太のことを切り捨てられるものではなかった。

三崎《みさき》小弥太が桜木登和と祝言《しゅうげん》を挙《あ》げて二月半《ふたつきはん》……。

小弥太は桜木家の婿として上手《うま》く立ち回っているのであろうか……。

見合の席で、小弥太に面と向かって、わたくしには他に好いた方があります、と言ったという登和……。

「わたくしが言いたかったのは、夫婦《めおと》になったからといっても、わたくしはあなたさまだけのものではないということ……。このことは黙っていてもよかったのです。けれども、隠していると、いつ暴露《ばれ》るかと常に怯《おび》えていなければならないでしょう？　わたくし、そんなのは嫌《いや》です。あっ、でも誤解なさらないで下さいませね。夫婦となったからには妻としての務めは果たします。けれども、心までは差し上げられない……。それだけは解っていていてほしいのです。お嫌かしら？　嫌でしたら、まだ間に合いますのよ。別室に父や三崎さまのお兄さまがいらっしゃいますので、すぐさまお断りになるとよいでしょう。ただ、三崎さまのお兄さまは、さぞやがっかりなさることでしょうね……」

登和はそう言ったというのである。

並の男なら、いかに条件がよくても、他に好いた男がいる女《おな》ごと所帯を持ちたいとは思わないだろう。

が、小弥太は見合の後二度ほど登和に逢《あ》っただけで、完全に登和の虜《とりこ》となってしまったのである。

「登和どのに他に男がいても、あの女《ひと》の傍《そば》にいられるのであれば凌《しの》いでいける……。その覚悟は出来ているのだ」

小弥太は龍之介にそう腹の内を打ち明けると、まだ祝言を挙げたわけではないのだから引き返すのなら現在《いま》しかないと言う龍之介に、きっぱりと言い切った。

「いや、俺はもう腹を決めたのだ……。さっきも言ったが、この話を逃《のが》せば二度と俺には養子の口はかからないだろう。それに、現在《いま》の俺は登和どののなくしてはいられないほどの入れ込みようなのだからよ。考えてもみろよ、俺みたいにどことといって取り柄《え》のない男が、門番同心桜木家の婿になれるのだぜ？　しかも、あの登和どのを妻に持てるとは福徳《ふくとく》の三年目を通り越して、まさに百年目……。現在《いま》では、登和どのの傍にいられるだけで幸せと思っているんだからよ」

　龍之介はさらにたたみかけた。

「だが、登和どのの心はおぬしの許《もと》にはない……。おぬしが慕《した》えば慕うほど、逆に、そのことがおぬしを追い詰めていくことになるのではなかろうか……」

「俺を追い詰める？　登和どのは妻としての務めは果たすと言っているのだ。俺はあの女《ひと》の心の中にまで踏み込んでいくつもりはないからよ」

　ああ……、と龍之介は目を閉じた。

　上辺《うわべ》だけの夫婦《めおと》がどれだけ辛《つら》いものなのか、小弥太は解っていないのである。

　龍之介には、それが解る。

　龍之介と相思の仲だった琴乃《ことの》を、半《なか》ば奪い取るようにして戸田家と同じ鷹匠《たかじよう》支配《しはい》の内田《うちだ》家に婿に入った、義弟哲之助《おとうとてつのすけ》……。

　結句、哲之助は琴乃の肉体は得ることが出来ても心まで得ることが出来ず、酒に逃げた挙句《あげく》、鷹匠支配のお務めも疎《おろそ》かになってしまったのである。

　だが、小弥太にはその辛さが解っていないとみえ、

「戸田、案じるな。俺はこれでもなかなか強《したた》かな男でよ。上手く立ち回るので懸念には及ばない」

と言ったのである。

そのときは、龍之介にはそれ以上何も言えなかった。

が、一月前、哲之助の傍若無人《ぼうじやくぶじん》ぶりに業《ごう》を煮《に》やした鷹匠衆《し》が、自裁に見せかけ哲之助の生命《いのち》を奪い去り、そのことで龍之介は無性《むしよう》に小弥太のことが気懸《きが》かりになったのである。

まさか、小弥太が哲之助と同じ運命を辿《たど》るとまでは思わないが、桜木家に入って二月半、そろそろ現実に直面し、戸惑《とまど》いを見せているのではなかろうか……。

小弥太、なにゆえ、返書をくれぬ……。

龍之介は悶々《もんもん》とした想《おも》いを抱《かか》え、北ノ橋《きたのはし》を渡った。

とん平《ぺい》の赤提灯《あかぢようちん》が目に留まる。

ふっと、小弥太の姉吉村三智《よしむらみち》の顔が脳裡《のうり》を過《よ》ぎった。

小弥太は三智どのに便りを出しているのであろうか……。

が、龍之介はすぐにその想いを振り払った。

三智は小弥太が良縁に恵まれたと思っているのである。

やはり、そっとしておくべきだろう……。

龍之介はふうと太息《ふといき》を吐《つ》くと、小名木川《おなぎがわ》に向けて歩いて行った。

そうして、高橋《たかばし》まで来たときである。

海辺大工町《うみべだいくちよう》のほうから、友七《ともしち》親分が息せき切って橋を渡ってくるのを目に捉《とら》えた。

友七は下《した》っ引《び》き二人を従えている。

「親分！」

龍之介が声をかけると、友七は驚いたように脚《あし》を止めた。

「なんでェ、戸田さまじゃねえか……。悪《わり》ィが、急いでるんでよ！」

「いったい、どこに行こうと……」

「殺しだ。済まねえ、ゆっくり話している間がねえもんでよ！」

友七は曲《きよく》のない（愛想《あいそ》のない）顔でそう言うと、片手を挙げ、龍之介の脇を擦《す》り抜けて行った。

下っ引き二人が気を兼《か》ねたように会釈《えしやく》し、友七のあとを追って行く。

龍之介は茫然《ぼうぜん》と友七の後ろ姿を眺《なが》め、気を取り直して橋を渡った。

日々堂に戻ると、茶の間に友七の女房お文《ぶん》の姿があった。

「お帰り！　ちょうどよかった。今、お文さんが麩《ふ》の焼《やき》を持って来てくれてね。もうすぐ夕餉《ゆうげ》なんだけど、一つだけならと思い、食べようとしていたところなんだよ」

お葉《よう》が手招きをする。

「おっ、こいつは俺の大好物じゃないか！」

龍之介が相好《そうごう》を崩《くず》し、長火鉢《ながひばち》の傍に寄って来る。

「たった今、添島《そえじま》さまの診察を受けてきたところでね。そしたら、緑橋《みどりばし》の袂《たもと》に麩の焼の出店が出ていて、あんまし美味《おい》しそうなんで、つい買っちまったってわけでさ！」

お文が隣《となり》に坐《すわ》れと、席を空《あ》けてくれる。

「添島さまの診療所に？　あっ、そうか、お文さん、腎《じん》の臓《ぞう》を病《や》んでいるとか……。それで、大丈夫なのかい？」

「いえね、大したことはないんですよ。ほら、脚の浮腫《むくみ》も取れたし、こんなに元気なんだもの……。ただ、半月に一度は診察を受けなきゃ駄目《だめ》だと、お美濃《みの》があんまし煩《うるさ》く言うもんで、それで渋々《しぶしぶ》、添島さまのところに行ってるってだけの話でさ。そうそう、石鍋《いしなべ》さまのところの敬吾《けいご》さん……。見る度《たび》に、医者の卵って面差《おもざ》しになってきて、驚いちまいましたよ」

「ほう、敬吾が……」

龍之介が目を輝かせる。

「それがさァ……」

お文がくすりと肩を揺《ゆ》らす。

「石鍋さまったら、三日前に古手屋《ふるてや》を訪ねて来て、おかみは時折佐賀町《さがちょう》の診療所に行くと聞いたが……、とこう切り出すじゃないですか！　それで、そうだと答えると、敬吾が立軒《りっけん》さまや代脈《だいみゃく》（助手）の足手纏《あしでまと》いになっていないかどうか、よく見て来てほしいと言うじゃありませんか……。あたし、そんなに気懸かりなら、自分で見て来ちゃどうですかって言ってやったんだけど、石鍋さまったら、いや、親が出しゃばるものではない、それに、下手《へた》に顔出しをして敬吾に里心がついては困るからって、そう言いましてね……。ふふっ、敬吾さんに里心がつくわけがない！　明成塾《めいせいじゅく》に通っていた頃に比べると、活《い》き活きとした顔をしていますからね。それなのに、あんなことを言うなんて、石鍋さま、痩《や》せ我慢をしているけど、本当は寂《さみ》しくって堪《たま》らないんですよ」

お葉が龍之介の前に湯呑《ゆのみ》を差し出し、頷いてみせる。

「それが親心というものでさ。戸田さま、時々、石鍋さまを食事に呼んで上げて下さいな。うちは一人や二人増えたところで、いっこうに構わないんだからさ」

「ああ、明日にでも声をかけてみよう。それはそうと、さっき、高橋で友七親分に出《で》会《くわ》したんだが……」

龍之介がそう言うと、お文はとほんとした。

「うちの宿六《やどろく》に？　まっ、いったいどこに行こうとしてたんだろう……。何しろ、朝方出て行ったきりで、今日は中食《ちゅうじき》にも戻って来なかったんだからさ。それで、どこに行くと言ってました？」

「いや、それが……。下っ引き二人を従えて、先を急いでいるからと行き先も告げず、高橋を渡って北へと……。なんでも、殺しがあったと言ってたが……」

殺しという言葉に、お葉とお文の顔が強張《こわば》る。

「なんだえ、もっと詳《くわ》しく話しておくれよ！」

お葉が気を苛《いら》ったように言う。

「いや、俺もそれ以上のことは知らなくてよ。何しろ、親分は一刻《いっこく》を争っていたようなので、引き留めることが出来なくてよ……」

「そうかえ……。じゃ、今宵《こよい》は亭主が帰って来るまで夕餉を待っていることはないんだ！　そうと判《わか》ったら、あたしも早く帰って夕餉の仕度《したく》をする必要がないってこと……。ちょうどよい機会なんで、話しちまうよ」

お文が改まったように、お葉に目を据《す》える。

「なんだえ、改まって。気色悪いじゃないか……、早くお言いよ」

お葉がそう言うと、お文が伸び上がるようにして厨《くりや》のほうを窺《うかが》った。

「おはまさんは？」

「夕餉の仕度をしてるけど、なんだえ、おはまの話なのかえ？」

「いえ、おはまさんじゃなくて、おちょうちゃんなんだけどさ」

「おちょうの？」

「縁談なんだよ」

「縁談だって！」

お葉が目をまじくじさせ、慌てて厨に向かって大声を上げる。

「おはま！　おはまァ！」

その声に、おはまが慌てて茶の間に飛び込んで来た。

「何かありましたんで？」

「いいから、さっ、障子《しょうじ》を閉めて……。おちょう、厨にいるんだろ？」

「ええ、大根《だいこん》を煮付《につ》けてますが、それが何か……」

おはまが後ろ手に障子を閉めると、不安の色も露《あら》わに寄って来る。

「おちょうに縁談だってさ！」

「縁談だって！」

おはまが驚いて甲張った声を上げると、お葉とお文が唇に指を当て、シッと制す。

「まずは母親のおまえが話を聞いて、おちょうに話すかどうかはそれから決めればいいこと……。だから、大きな声を出さないでおくれよ」

ああ……、とおはまが納得したように頷き、お文の隣に坐る。

「で、話っていうのは？」

お葉が茶を淹《い》れながら、お文を促《うなが》す。

「それがさ、相手は菊川町《きくかわちょう》三丁目の紺屋《こうや》伊予屋《いよや》の若旦那でね。歳《とし》は二十七で、実直な我勢者《がせいもの》（働き者）というんだけどさ……。一人息子ってんで親は早く所帯を持たせたかったんだろうが、本人がなかなかその気にならなくてね。それが、やっと見合をしてもよいって気になったもんだから、仲人嬶《なこうどかか》を立てて躍起になって相手を探してるってわけでさ……。それで、古手屋のうちにも誰かよい女ごはいないかと声がかかってきた……。ええい、てんぽの皮！　本当のことを言っちまおうね。実は、この話、うちのお美濃にどうかって……。ところが、亭主がよく話を聞きもしないで、お美濃は二十歳《はたち》だ、まだ早いって、鮸膠《にべ》もしゃしゃりもなく断っちまってさ……。いえ、その気持はあたしにも解るんだよ。だって、お美濃があたしたちの娘になって、まだ一年半だろ？　子のいなかったあたしら夫婦がやっと親になれたというのに、もう嫁に出すなんて……。それに、うちの男《ひと》はどうやらお美濃に婿を取らせたいと思っているようでさ。いえ、あたしだってそう思ってるんだよ。この頃うち、すっかり何もかもをお美濃に頼っちまって、あの娘《こ》のいない暮らしなんて考えられないんだよ……。それで断ることにしたんだけど、仲人嬶から、では他に誰か心当たりはないかと言われ、それで、おちょうちゃんのことを思い出したってわけでさ……。けど、うちが断った縁談を持って来たなんて思わないでおくれよ？　誰が考えても、いい話なんだからさ！　伊予屋といえば、深川《ふかがわ》でも指折りのお店《たな》で、内証《ないしょ》もいい……。しかも、当の若旦那というのが気扱《きあつかい》のある心根《こころね》の優しい男だというじゃないか……。それで、話をしてみるだけでもと思ってさ！」

お文がおはまの反応を窺う。

おはまは眉《まゆ》ひとつ動かすことなく耳を傾けていたが、ハッと我に返ると、お葉を見据えた。

「悪い話じゃないと思いますが、女将《おかみ》さんはどう思います？」

突然、矛先《ほこさき》を向けられ、お葉は挙措《きょそ》を失った。

「どう思うかと言われても……。まっ、おちょうは二十二で、相手は二十七……。歳から見ても釣《つ》り合いが取れているが、あたしがひとつ引っかかるのは、そんなによい条件の男に、なんでこれまで見合の相手が見つからなかったかってことでさ……。いや、本人がこれまで縁談に耳を貸そうとしなかったことまでは解るよ。けど、その気になってからは、仲人嬶まで頼んでいるというんだもの、いくらだって見合相手は見つかっただろうに……。それなのに、おちょうのところまで話が廻《まわ》ってくるってことは、本人が選《よ》り好みしてるってことかえ？　それとも、当人に何か問題でもあるってこと……」

お葉がそう言うと、おはまも仕こなし顔に相槌を打つ。

「そうなんですよ！　あたしも話を聞きながらどこかしら引っかかってたんだけど、ああ、そのことだったんだ……」

すると、お文が慌てる。

「嫌だ、問題なんてありませんよ！　ええ、ないと思いますよ。いえね、あたしも藍《あい》吉《きち》という男に逢《ひと》ったことはありませんよ。けど、聞いた話じゃ、親思いのなかなかの結構人《けっこうじん》だとか……。見てくれも決して悪くはなく、言ってみれば、中の上……。そんな男がなぜこれまで見合相手が見つからなかったかと言われても……。こればかりは縁ってもんだからね。とにかく、一度逢ってみて、それから決めてはどうだろう。嫌なら、すぐさま断ればいいんだからさ……。ねっ、どうかしら？」

おはまとお葉が顔を見合わせる。

「どうしたものでしょうね……」

「さて、正蔵《しょうぞう》がなんて言うか」

お葉が気遣《きづか》わしそうに言う。

「亭主？　亭主がなんと言おうと構やしない！　男親なんてね、相手が誰であれ、娘を嫁に出すのを嫌がるもんだから……。それにさァ、言われてみると、おちょうも二十二、年が明けたら二十三歳ですからね。ぼやぼやしていると薹《とう》が立ち、大年増《おおどしま》の類《たぐい》に入れられちまう……。あの娘《こ》、周囲《まわり》からやいのやいのと言われなきゃ、なかなかその気にならないところがあってさ。そうしてみると、逢うだけでも逢わせてみるのもいいかもしれない……。おちょうも一人娘には違いないが、親分のところと違って、絶対に婿を取らなきゃならないってことはないからね」

存外にも、おはまはさばさばとした口調で言った。

すると、それまで黙って聞いていた龍之介が割って入ってくる。

「けど、一人娘を嫁に出して、おはまさん、寂しくないのかよ」

「てんごうを！　そんなことを言ってたら、生涯、おちょうは所帯が持てないじゃないですか……。ご縁があれば、いつ嫁に行ってくれてもあたしは寂しくはない！　だって、あたしたちには町小使《まちこづかい》（飛脚《ひきやく》）や女衆《おなごし》がこんなにたくさんいるんだもの……。みんな、我が子！　あたしはそう思ってますんでね」

「さすがは、おはま！　よく言った。あたしも見合させることには賛成だ。とにかく一度逢ってみて、それから決めればよいことなんだもんね。さて、そうなると、あとは肝心《かんじん》のおちょうの気持と、問題は正蔵だ……。さあ、二人がどんな反応を見せるかね」

お葉がちょいと首を傾げる。

「おちょうはあたしが説き伏《と》せますんで、女将さん、亭主を説得して下さいませんか？　あの男《ひと》、女将さんが言うことには従うでしょうから……」

「あい解った！」

お葉がポンと胸を叩《たた》くと、お文はやれと胸を撫《な》で下ろした。

「これで来た甲斐《かい》がありましたよ。では、早速《さっそく》、先方に渡《わたり》をつけ、見合の日時を追って知らせますんで……」

お文は腰を折ると、蛤町《はまぐりちょう》へと戻って行った。


「ねっ、よい話だと思わないかえ？」

夕餉を終え、龍之介が蛤町の仕舞《しも》た屋に引き上げると、お葉は正蔵一家の前でお文が持ってきた縁談を披露《ひろう》して、おちょうと正蔵を交互に見た。

「おいらはよい話だと思うぜ！　おちょう姉ちゃん、よかったじゃねえか！」

猫のシマを膝《ひざ》に抱き、聞き耳を立てていた清太郎《せいたろう》が槍《やり》を入れてくる。

「これ、清太郎！　子供が口を挟《はさ》むもんじゃないの！　早く閨《ねや》に行きなと言っただろう？」

お葉がめっと清太郎を目で制す。

「ええっ……、おいらだって聞きてェよ！　だって、おっかさん、いつも言ってるじゃねえか。おっちゃんもおばちゃんも、おちょう姉ちゃんも、皆、家族だって……。だったら、おちょう姉ちゃんが嫁に行くかもしれねえってこんな大切《てえせつ》なときに、おいらだけ除《の》け者にしねえでくれよ！　おいら、おっかさんがなんと言おうと、ここを動かねえからよ……」

清太郎が意地張ったように言い、唇を尖《とが》らせる。

「そりゃそうだ。女将さん、清坊《せいぼう》に一本取られましたね。いいではないですか。清坊にも聞かせてやりましょうよ」

おはまが目を細め、ここにいてもいいよ、と目まじする。

「ヤッタ！　ねっ、シマ、おいらたちもここにいていいんだってよ」

清太郎がシマの頭を撫でながら、満足そうにへへっと笑う。

お葉は苦笑すると、再び、おちょうと正蔵に目を戻した。

「それで、どうなんだえ？」

おちょうがお葉に瞠められて狼狽《うろた》える。

「どうって言われても……。だって、突然のことなんだもの……」

「何言ってんだよ！　縁談なんてものは、いつだって突然なものさ……。じゃ、おっかさんの意見を言おうね。あたしはさ、この話を悪い話じゃないと思ってるんだよ。伊予屋といえば大店《おおだな》に数えられるからね。そこの嫁にっていうんだから、福徳の百年目とはまさにこのこと……。おちょうが日々堂の娘というのなら話は別だけど、宰《さい》領《りょう》の娘で大して財産があるわけでもなく、この話を逃したら、いつまた、こんないい話が舞い込んでくるか判らないんだよ？」

おはまが諄々《じゅんじゅん》と諭《さと》すように言うと、清太郎が、ええっ！　と素《す》っ頓狂《とんきょう》な声を上げる。

「おちょう姉ちゃんは日々堂の娘だろ？　だって、さっき、家族だと言ったばかりじゃねえか……」

お葉が困《こう》じ果てた顔をする。

「清太郎、それは言葉の綾《あや》ってもんでね。確かに、おちょうは家族みたいなもんだけど、厳密に言えば、おちょうは正蔵、おはまの娘で、清太郎は亡くなったおとっつァんとあたしの子……。あたしたちはおちょうのことを家族と思っていても、他人《ひと》はそうは思ってくれないんだよ」

「他人《ひと》がなんと言おうと構わねえ！　おちょう姉ちゃんはおいらの姉ちゃんなんだ」

清太郎が気を苛ったように鳴り立てる。

「ああ、そうだよ。おちょうは清坊の姉ちゃんだ。ごめんよ、おばちゃんが妙なことを言っちまって……」

おはまが清太郎を宥《なだ》めるかのように、目弾《めはじき》してみせる。

清太郎はそれで納得したのか素直に頷き、フアア……、と大欠伸《おおあくび》した。

どうやら、オネムのようである。

「じゃ、おばちゃんが閨までついて行ってあげるから、もう寝ようか？」

「うん……」

やはり、眠いのを懸命に我慢していたとみえ、清太郎はシマを抱え上げ、おはまに連れられ閨に引き上げて行った。

やっとこれで、おちょうや正蔵と腹を割って話せるのである。

お葉は改まったように二人に目を据えた。

「おちょう、あたしもおはまと同じ意見なんだよ。だってさァ、話としては出来すぎと思えるほどの話だもんね……。とは言え、本当にその男《ひと》と縁があるかどうかは、逢ってみなければ判らない。条件はよくても、どうにも肌が合わないってことがあるからね。だから、どうだろう……。一度、相手の男《ひと》に逢ってみて、それから、前向きに考えるか、それとも、きっぱり断るかを決めてもよいのじゃなかろうか……。ねっ、正蔵、おまえはどう思うかえ？」

　お葉が正蔵を瞠める。

　すると、それまで不人相《ふにんそう》（愛想のない）な顔をして唇を真一文字《まいちもんじ》に結んでいた正蔵が、組んだ腕を解《ほど》くと、ぽつりと呟いた。

「俺《おり》ャ、気に食わねえ……」

　と、そこに、おはまが清太郎の閨から戻って来て、呆《あき》れ返ったような顔をして正蔵に食ってかかった。

「ほら、言ったでしょうが！　この男《ひと》、おちょうの相手が誰であれ、反対するに決まってるんだから……。女将さん、こんな男《ひと》の言うことにいちいち耳を貸すことはないんですよ。おちょうはあたしの娘なんだ！　おまえさんに口を挟んでもらいたくないね」

　正蔵の顔から、さっと色が失《う》せた。

「おちょうがおめえだけの娘だって？　て、て、て、てんごう言うのも大概《てえげえ》にしてもらいてェや！　ああ、確かに、俺ャ、おちょうとは血が繋《つな》がってねえ……。だがよ、俺ャ、おちょうがまだ物心《ものごころ》つかねえ頃から、父親《てておや》として、目の中に入れても痛くねえほど可愛《かわい》がってきたんだ……。麻疹《はしか》やおたふく風邪《かぜ》と高熱を出す度に、真夜中でもおちょうを負《お》ぶって医者まで走り、夜っぴて看病しながら、神さま仏さま、どうかおちょうを助けてやって下せえ、代わりに、俺の生命《いのち》を捧《ささ》げます、と幾《いく》たび手を合わせたことか……。俺ャよ、おちょうの父親《てておや》となってから、一遍《いっぺん》として、こいつのことを他人と思ったことがねえ！　血が繋がっていようといまいと、俺ャ、紛《まぎ》れもねえおちょうの父親《てておや》なんだからよ！」

正蔵がぶるぶると身体を顫わせる。

「そうだよ！　おはま、正蔵になんてことを言うんだ。おまえ、言ってたじゃないか……。彫鉄《ほりてつ》に捨てられ自棄無茶《やけむちゃ》になって、二歳のおちょうを道連れに大川《おおかわ》に身を投じようとしていたところを救ってくれたのが、日々堂甚三郎《じんざぶろう》と正蔵だって……。甚三郎はおまえを正蔵に添《そ》わせた。だが、瘤付《こぶつ》きのおはまを快《こころよ》く女房にしてくれた正蔵はもっと偉いよ！　その当時は甚三郎も正蔵もまだ葭町《よしちょう》の山源《やまげん》（飛脚問屋の総元締《そうもとじめ》）の手下《てか》だったというが、気落ちして半臥半生《はんがはんしょう》だったおはまに代わって、おちょうの面倒を見たんだからね。それこそ、二歳のおちょうを背中に負ぶってさ……。周囲《まわり》から嗤《わら》われようが嫌味《いやみ》を言われようが、ものともしなかったというからさ。だから、おはまも正蔵を真《しん》の男と思い、生涯、この男について行こうと決意したんだろう？　正蔵がどれだけよい父親《てておや》かは、おはまが一番よく知っていることじゃないか……。だから、口が裂けても、おちょうは自分だけの娘なんてことを言うもんじゃないよ！」

お葉が言葉尻を荒らげ、おはまに険《けわ》しい目を向けると、おはまは潮垂《しおた》れ、ごめんよ、おまえさん……、と頭を下げた。

「いや、俺もいささか口が過ぎた……。親なら子のことを案じるのは当然というのに、恩着せがましいことを言っちまってよ」

正蔵が決まり悪そうな顔をする。

「おとっつァん、あたし、おとっつァんのことを本当のおとっつァんじゃないと思ったことは一度もないよ。ううん、そりゃ、本当のおとっつァんでないことは知ってたさ……。幼い頃おっかさんから、おまえの本当のおとっつァんはおまえが二歳のときに亡くなったと聞かされていたからね。けど、あたしにとって、おとっつァんは正蔵おとっつァんしかいないんだ！　角造《かくぞう》からおめえの本当のおとっつァんは死んだのじゃなく彫鉄という刺青《いれずみ》の彫師《ほりし》で、裾継《すそつぎ》の女郎に入れ揚《あ》げた挙句、おっかさんとおめえを捨てて逃げたと聞かされたときも、彫鉄とその女ごの間に娘が生まれ、女房に先立たれた彫鉄が娘を連れて深川に戻ってきていると聞いたときも、その娘がどんな女ごか見てやろうって気にはなったけど、それは本当のおとっつァんが恋しかったからじゃなかった……。冗談じゃない！　あたしには正蔵という天下一のおとっつァんがいるんだもの……。あたし、本当に現在《いま》のおとっつァんがあたしのおとっつァんでよかったなって思ったんだよ……」

おちょうがそう言うと、正蔵は堪《こら》えきれずに腰の手拭《てぬぐい》を引き抜き、顔に当てて肩を揺すった。

二年前のことである。

先《せん》に日々堂の町小使をしていて、その後山源に移った角造という男が、お針の稽古帰りのおちょうを摑《つか》まえ、おちょうの生みの親は彫鉄という刺青の彫師で、おまえは父親《てておや》が死んだと聞かされているかもしれないが生きている、詳しいことが聞きたければ明晩抜け出してこいと囁《ささや》いたのである。

おはまから実の父親《てておや》は亡くなったと聞かされていたおちょうは動揺した。

角造の言うことなんか、万に一つも真《まこと》のことがない……。

だが、万八《まんばち》（嘘《うそ》）かどうか確かめる意味でも、角造の話を最後まで聞くべきではなかろうか……。

おちょうは逡巡《しゅんじゅん》しながらも本当のことを知りたい誘惑に勝てず、翌日、待ち合わせ場所へと出掛けたのだった。

が、角造が連れて行った場所は深川七場所《ななばしょ》の一つ、通称裾継と呼ばれる遊里の出逢《であい》茶屋《ちやや》で、角造はそこでおちょうの実の父親《てておや》のことを話してはくれたのであるが、その話にはいくつかの嘘があった。

父親《てておや》が彫鉄という刺青では深川一と言われる腕の彫師で、おちょうが二歳のときに裾継の女郎に入れ揚げ、妻子を捨て手に手を取って逃げたというところまでは本当のことなのだが、浅草《あさくさ》に逃げた彫鉄が女ごに死なれ、以来、女ごとの間に生まれた乳飲《ちの》み子《ご》を抱えて苦労したという話や、彫鉄が身体を毀《こわ》して再び深川に戻って来たという話には嘘があり、友七親分の話によると、彫鉄は女ごと浅草に逃げて二年もした頃、亡くなっていたのである。

おちょうは角造に邪《よこしま》な気持があることを見抜くと出逢茶屋から逃げ出し、憑《つ》かれたように彫鉄と娘が住んでいるという北森下町《きたもりしたちょう》へと脚を向けた。

が、おちょうは彫鉄の部屋から出て来た娘を遠目に眺めただけで、声をかけることも出来なかったという。

おちょうは常盤町《ときわちょう》の茶飯屋菜《ちやめしやな》の花《はな》で、捜《さが》しに来たお葉を前にして、角造から聞いたことを洗いざらい打ち明けた。

「それで、北森下町の裏店《うらだな》を訪ねたんだね。で、逢えたのかえ？　おとっつァんには……」

お葉がそう訊ねると、おちょうは首を振った。

「彫鉄って男《ひと》の裏店は判ったんだけど、路次口《ろじぐち》に佇《たたず》んでいただけで、とうとう、訪ねることが出来なかった……。その男《ひと》に逢うのが怖いんじゃない。あたし、そんなことをしたら、現在《いま》のおとっつァんに済まないような気がして……。おっかさんだって、あたしに本当のことを言わないほうがいいと思ったから、今まで、おとっつァんは死んだと言ってきたのだと思うと、なんだか、逢ってはならないように思えてきて……。けど、迷った。迷って、迷って、いっそ、こんなこと、知らなきゃよかったと腹立たしくもなった……。そうしたら、彫鉄の部屋から十七、八の娘が出て来てさ。手桶《ておけ》を持って、井戸端に行ったの。横顔しか見えなかったけど、透《す》き通るほどに白い肌をした、はっと人目を惹《ひ》く、すんがり華奢《きやしや》でさ。あれが、義妹《いもうと》なんだ……。そう思うと、無性に業が煮えてきてさ。あたしはおっかさんに似て、小太りの団子《だんご》っ鼻《ぱな》でしょう？　あの娘《こ》が母親似だとしたら……。そう思うと、なんだか、おっかさんが可哀相に思えてきてさ。同時に、ぶっ殺したいほど、彫鉄という男が憎くなったの。冗談じゃない！　この期《ご》に及んで、あたしに逢いたいだって？　誰が逢ってやるもんか。てめえなんか、とっとと、くたばっちまえって……」

お葉はおちょうの心が千々《ちぢ》に乱れ、思い屈しているのを悟《さと》った。

ところが、そこへ後から駆《か》けつけて来た友七親分の口から、角造が言ったのは万八だと判明したのである。

「万八も万八、彫鉄は女ごと浅草に逃げて二年もした頃、死んじまったよ。これまでは、おちょうにこのことは話したくなかったんだが、ここまで知ったからには、本当のことを言わなくちゃならねえだろうな……。心中《しんじゅう》だったのよ。角造の話は、女ごが彫鉄の娘を産んだところまでは違っちゃいねえが、死産でよ……。女ごのほうも産後の肥立《ひだ》ちが思わしくなくて、次第《しでえ》に弱り始めてよ。彫鉄はよほどその女ごに惚《ほ》れてたのだろうて……。おめえ一人を死なせるものかと、死にかけた女ごの肌にてめえの名を、てめえの肌に女ごの名を刺青してよ。師走《しわす》の凍《い》てつくような大川に二人して身を投げちまった……。引き上げられた土左衛門《どざえもん》を見て、誰もが息を呑《の》んだってよ……。片時も二人の身体が離れねえようにと、紐《ひも》で手足をしっかと括《くく》りつけてあったというから、彫鉄の女ごへの想いを改めて見せつけられたようでよ……」

友七はそう言うと、太息を吐いた。

これが、至上の愛というものなのであろう……。

女房、子を捨ててまで、惚れた女ごに走った彫鉄……。

お葉も遣《や》り切れない想いに、胸が張り裂けそうになったのだった。

だが、それを聞いたおちょうの想いはどうだったであろうか……。

おちょうは彫鉄のおはまへの仕打ちに身体を顫わせて怒り、ワッと声を上げて畳《たたみ》に突っ伏したが、友七の、おはまは彫鉄が死んだと聞かされても人前では決して動揺を見せず、彫鉄とのことはもう終わったこと、自分にはおちょうや正蔵という心根の優しい亭主がいる、と言ったという言葉に、目から鱗《うろこ》が落ちたような顔をした。

それは、改めて、正蔵がおとっつァんでよかった、とおちょうに思わせた瞬間であった。

とにかく、お葉の目から見ても、この家族ほど強い絆《きずな》で結ばれている家族はないだろう。

「なんだえ、正蔵は泣き虫なんだから……」

お葉がそう言うと、正蔵は照れ臭そうに手拭で涙を拭《ぬぐ》い、

「いけねえや、歳取ると、涙もろくなっちまって……」

と呟いた。

「じゃ、話を戻すけど、おちょうを見合させることに皆も賛成なんだね?」

お葉が皆を見廻す。

「ええ、あたしは賛成ですよ。それで、おちょうはどうだえ?」

おはまに訊ねられ、おちょうが正蔵の顔を窺う。

「おとっつァんも賛成なの？」

「…………」

正蔵が挙措を失い、視線を彷徨《さまよ》わせる。

「なんだえ、はっきりしなよ！」

おはまが肝《きも》が煎《い》れたように言い、ほらね、これだから……、女将さん、この男《ひと》に訊《き》いたところで埒《らち》が明かない！　とお葉に目まじしてみせる。

お葉は慌てておはまを目で制し、正蔵を睨《ね》めつけた。

「何か気になることがあるのなら、はっきり言ったほうがいいよ」

正蔵が困じ果てたような顔をする。

「気になるっていうわけじゃねえんだが……。俺ャ、友造《ともぞう》のことが……」

「友造？　友造がどうかしたのかえ……」

お葉とおはまが訝しそうに顔を見合わせる。

おちょうはとほんとした顔をしていた。

「いや、こりゃ、俺の勘というか推量なんだが、どうやら、友造がおちょうにほの字のようなんでよ……」

「なんだって！」

「まさか、あたしゃ、そんなことは聞いちゃいませんからね」

お葉とおはまが驚いたといった顔をすると、おちょうが慌てる。

「待ってよ！　あたしもそんなことは知らないからさ……。おとっつァん、いったい何を言い出すのさ！」

「だからよ、これは俺の推量だと言っただろうが……。いや、それがよ、つい先日のことなんだがよ、配達から帰《けえ》った友造が、見世《みせ》の中に入《へえ》ろうとせず、八幡橋《やわたばし》のほうを眺めてるのよ。あいつ、いってえ何をやってるんだろうかと不審に思い、それで俺が店先に出てみたところ、なんと、友造の野郎、八幡橋の袂で近所のかみさんと立ち話をしているおちょうを眺めていてよ……。声をかけようにも、まるで心ここにあらず……。それだけじゃねえぜ！　いつだったか、おちょうが帳場まで勝手方の出入帳《でいりちょう》を届けに来たことがあっただろう？　あのとき、根付《ねつけ》を見世に落としたのに気づかなかったか？　ほれ、黒猫の飾りがついた……」

正蔵に言われ、おちょうが目を瞬《しばたた》く。

「ええ、どこで失《な》くしたのかと思ってたんだけど、なんだ、見世で落としたのか……。あれはお美濃ちゃんとお揃《そろ》いなんだよ。よかった……。じゃ、おとっつァんが拾ってくれてたんだね？」

「いや、そうじゃねえのよ。実は、友造が拾ってよ。俺ャ、たまたま帳場にいて目にしたんだが、友造の奴、おめえに届けに行くのかと思ったら、腰の手拭を外《はず》し根付を大事《でえじ》そうに包むと、すっと丼《どんぶり》腹《はら》掛《が》けの中に仕舞いやがった……」

「まっ、なんてことなんだえ！　それじゃ、猫ばばしたのと同じじゃないか！」

おはまが甲張った声を上げると、正蔵がきっとおはまを睨めつける。

「いや、そうじゃねえのよ。おめえにゃ、友造の切ねえ気持が解らねえのかよ？　俺ャよ、友造が遠目におちょうの姿を眺めているのに気づいたときから、それとなく、あいつの様子を観察してきたのよ。するてェと、食間で飯を食っていても、ちょくちょく厨のおちょうに視線が移るのよ……。俺ャ、友造がおちょうに気があるのは間違《まちげ》エねえと読んだ……。ところが、おちょうのほうはそのことにまるきり気づいていねえ……。それで、現在《いま》の段階で俺が間に入《へえ》って差出《さしで》することもねえかと思い、黙っていたんだがよ……。が、おちょうに縁談があるとなると、話は別だ！」

「ちょいとお待ちよ！　じゃ、正蔵は友造が本気でいるのなら、おちょうを友造に添わせてもよいと思ってるってことかえ？」

お葉が割って入る。

「ああ、友造が本気でおちょうに惚れ、おちょうに異存がなければ、そうなりゃ願ったり叶《かな》ったりってもんでよ！　そりゃよ、女将さんやおはまが言うように、おちょうを大店の嫁にするほうがいいかもしれねえ……。だがよ、考えてもみな？　おちょうはこれまで大店の嫁になるべく躾《しつ》けられてきたわけじゃねえ……。習い事だって、お針を少々齧《かじ》った程度じゃ、肩身の狭《せめ》ェ想いをするだけでよ。先々、苦労するのが目に見えている……。その点、友造なら気心が知れてるしよ。何より、あいつは気扱のある苦労人だ。現在《いま》でもあいつは日々堂の番頭格で、俺ャ、友造を次期宰領にと考えている……。いずれ、清太郎坊ちゃんが日々堂の主人《あるじ》になりなさる。俺ャ、そのとき、宰領の座を友造に譲《ゆず》ってもよいと思ってるんだ……。そんな男だもの、おちょうの婿には打ってつけ！　しかも、友造に他に好いた女ごがいるというのなら諦《あきら》めもつくが、見たところ、友造はおちょうに片惚れしているようだしよ……。なっ、またとねえ、よい話だと思わねえか？」

「けど、おまえさん、友造はよくても、おちょうの気持は……。おちょう、おまえ、友造のことをどう思ってるんだえ？」

おはまがおちょうの顔を覗《のぞ》き込む。

「どうって……。見合の話もそうだったけど、友《とも》さんの話も突然のことで……」

おちょうが戸惑ったように言う。

「そりゃそうだ！　おちょうが戸惑うのは当然だ……。けど、友造のことが嫌いなわけじゃないんだろう？」

お葉が訊ねると、おちょうは挙措を失い俯《うつむ》いた。

「嫌いだなんて……。ただ、あたし、これまで友さんのことをあんちゃんのように思ってきて、男として意識したことがなかったから……」

おちょうは鼠《ねずみ》鳴《な》きするような声で呟いたが、面差しから見るに、まんざら嫌でもなさそうである。

「そうかもしれないね。おちょうと友造は七つも歳が離れているんだもんね。しかも、友造はおちょうが十歳に満たない頃から日々堂にいる……。家族のように思ったところで仕方がないさ。けどさ、仮に、友造にその気があり、おちょうも憎からず思っているのであれば、あたしも正蔵と同意見で、二人が所帯を持つことには大賛成だ！　で、おはまはどうなんだえ？」

「ええ、まっ、あたしも友造なら反対はしませんよ。むしろ、頭を下げてでも貰《もら》ってほしいくらいでさ！　けど、そうなると、伊予屋との見合はどうします？　なんだか、あたしはその話にも未練があってさ……。そうだ！　見合だけでもやらせてみましょうか?」
おはまがそろりとお葉を窺う。
「てんごうを! そんなことをしたんじゃ、先様《さきさま》に失礼じゃないか。断ると判ってい
て、見合をさせるなんてさ!」
お葉が厳しい口調で、おはまを制す。
おはまはひょいと首を竦《すく》めた。
「おちょう、見合を断って、友造とのことを進めてもいいかえ?」
お葉の言葉に、おちょうが顔を赤くして頷く。
が、どうしたことか、今度は正蔵が慌てる。
「ちょ、ちょい待った……。友造がおちょうに気があるのではと言ったのは、あくま
でも俺の推量で……。案外《あんげえ》、俺が思い違《ちげ》ェをしているだけかもしれねえし、まずは、
友造の気持を確かめてからってことにしてくれねえかな」
お葉とおはまが拍子《ひようし》抜《ぬ》けしたように顔を見合わせる。
「そうだった……。まずは、友造の気持を確かめなきゃね」
「まったく、おまえさんは気を持たせるようなことばかり……。そういうことは、先
に確かめてから言ってほしいよ!」

「だから、言ったじゃねえか……。まさか、おちょうに縁談が舞い込むなんて思ってもみなかったから、先延ばしにしてたんだと……。あい解った！　早速、明日にでも友造の腹を確かめてみるから、なっ、それでいいだろう？」

正蔵が気を兼ねたように言い、皆もやれと安堵《あんど》の息を吐く。

夜のしじまを縫《ぬ》い、夜廻《よまわ》りの拍子木の音《ね》が響《ひび》いてくる。

「嫌だ……。もう四ツ（午後十時）だよ！　さっ、あたしたちも早く帰ろうじゃないか……」

おはまが言い、正蔵一家がそそくさと仕舞た屋へと帰って行く。

お葉が甚三郎の女房として日々堂に入ったとき、おちょうは十九歳……。

そのおちょうに縁談とは……。

月日の経つのは、なんとも早いこと……。

お葉はつと過ぎった心寂《うらさび》しさを払うと、行灯《あんどん》の灯《ひ》を手燭《てしょく》に移した。


翌日、中食を済ませると、お葉は正蔵とおはまに目まじして、日々堂を出た。

先回りして、門前仲町《もんぜんなかちょう》の茶店で正蔵と友造を待つことにしたのである。

日々堂の茶の間で話をしてもよかったが、他の店衆《たなし》の手前、そうもいかない。

何しろ、日々堂は四十名近くの大所帯とあり、いつどこに誰の目が光っているか判らず、友造だけを茶の間に呼び話し込んでいれば、店衆が目引き袖《そで》引き噂《うわさ》するのは目に見えていた。

それで、得意先廻りとでも口実をつけて、後から友造を連れて来るようにと正蔵に言いつけておいたのである。

お葉は笹屋《ささや》という茶店に入ると、顔見知りの小女《こおんな》に、座敷は空いているか、と訊ねた。

小女が愛想よい笑《え》みを見せ、奥の座敷へと案内する。

「後から見世の者が二人来るんで、そのつもりでいておくれ。そうさねえ、中食を済ませたばかりなんで、栗羊羹《くりようかん》とお茶を貰おうか……」

お葉がそう言い心付《こころづけ》を握らせると、小女は満面に笑みを湛《たた》え頭を下げた。

「いつも済みません」

小女が去って行くと、お葉は座敷の中を見廻した。

お葉が出居衆《でいしゅ》（自前芸者）だった頃、甚三郎にひと目逢いたくて、何度、この見世を利用したことだろう。

朝、冬木町《ふゆきちょう》の仕舞た屋で後朝《きぬぎぬ》の別れをしたばかりだというのに、夜まで待てなくて、お座敷の合間を縫って甚三郎に逢いに来たのである。

むろん、甚三郎は仕事の最中《さなか》で、見世を抜け出せても四半刻《しはんとき》（三十分）ほどの逢瀬《おうせ》であったが、束《つか》の間《ま》であれ、お葉は甚三郎の傍にいたかったのである。

それほど愛《いと》しくて堪らなかったということなのだろうが、若かったせいともいえよう。

酷《ひど》いよ、甚《じん》さん、あんなに早く死んじまうなんて……。

そう思うと、お葉はあのとき店衆に気兼《きが》ねなどせず、もっと甚三郎を引き留めておけばよかったと歯噛《はが》みするのだった。

「嫌だ……。今来たばかりだというのに、もう帰るのかえ……」

「莫迦《ばか》だな。おまえのお座敷が退《ひ》ければ、冬木町で逢えるじゃねえか……」

「けど、朝になれば、おまえは日々堂に戻って行く……。あっちは二六時中《にろくじちゅう》おまえと一緒にいたいんだよ！」

「またそういう我儘《わがまま》を……。よし、喜久治《きくじ》、所帯を持とう！　それなら、おまえといつも一緒にいられるからよ」

「ああ、嬉《うれ》しい……。ぜっぴだよ！」

当時、源氏名《げんじな》を喜久治と名乗っていたお葉は、幼児のように目を輝かせ、甚三郎と指切りげんまんをしたのだった。

約束通り、甚三郎はお葉を後添《のちぞ》いとして日々堂に迎えてくれた。

が、幸せだったのは、ほんの半年……。

三年前の八朔《はっさく》（八月一日）に、甚三郎は心《しん》の臓《ぞう》の発作《ほっさ》で三十六年の生涯を閉じてしまったのである。

以来、お葉は生《な》さぬ仲の清太郎の義母《はは》として、日々堂の女主人《おんなあるじ》として、今日まで過ごしてきた。

それも、正蔵やおはま、店衆が懸命にお葉を支えてくれたお陰である。

そして何より、姿こそ見えないが、現在《いま》もお葉の傍にいて、常に優しく包み込んでくれる甚三郎の存在が……。

甚さん、おまえ……。

お葉が胸の内でそう呟いたときである。

障子の外から声がかかった。

「お連れさまがお見えです」

小女が正蔵と友造を部屋に案内すると、茶と菓子を運んで来る。

「お待たせしやした。見世を出ようとしたところに、六助《ろくすけ》の奴が文の宛名《あてな》が読めねえと言ってきたもんで、それで遅くなってしめえやした……」

正蔵は揉《も》み手をしながら座卓の前に坐った。

「それで、読めたのかえ？」

「ええ、東雲《しののめ》という字が読めなかったようで、熊井町《くまいちょう》にはヒガシクモなんて苗字《みようじ》はねえと言ってきやしてね……。それで、友造がシノノメと読むのだと教えてやりやしたんで……」

「そうかえ。友造、偉いじゃないか！」

「いや、あっしも日々堂に入《へえ》りたての頃は、六助とおっ、つ、かっ、つ、つで……。それより、女将さんがいらっしゃったとは驚きでやす。あっしは宰領から、得意先廻りをするんでついて来い、と言われて見世を出たんでやすが、突然、少し話があるんで、茶でも飲んでいかねえかと……。それだけでも何事かと気が気じゃなかったのに、女将さんまで……。あっしが何か不始末でもしやしたんで……」

友造がおっかなびっくりお葉を窺う。

お葉はくすりと肩を揺らした。

「莫迦だね……。不始末を叱《しか》るのであれば、わざわざおまえを茶店に誘わなくても見世で済むことだ……。さっ、怖がることはない。膝を楽にしてお坐り」

お葉はそう言うと、正蔵の口から話せと目まじした。

正蔵は改まったように友造に目を据えた。

「おめえ、日々堂に入《へえ》って何年になる？」

「へっ、あっしが十四のときでやしたから、かれこれ十五年になりやすが……。それがどうかしやしたか？」

「ほう、もう十五年になるのか……。するてェと、おめえも年が明ければ三十路《みそじ》かよ！　そろそろ身を固めてもよい頃だな」

友造は正蔵が何を言おうとしているのか解らないとみえ、とほんとした。

「…………」

「なんでェ、その顔は……。よいてや！　俺ャ、回りくでェ言い方は好きじゃねえ……。単刀直入《たんとうちよくにゆう》に訊くが、おめえ、おちょうのことをどう思う？」

「えっ……」

「だからよ、おめえさえその気なら、俺ャ、おちょうをおめえに添わせてもいいと思ってるのよ」

「宰領……」

友造は狼狽え慌てて目を伏せたが、顔は正直なもので、耳朶《みみたぶ》まで紅《あか》く染めていた。

「なんでェ、紅くなりやがって！　どうやら、おめえもおちょうを憎からず思っているようだな？」

「どうして、それを……」

「判らいでか！　おめえのおちょうを見る目……。最初《はじめ》は兄貴が愛しい妹を見る目かと思っていた。だって、そうだろう？　おめえはおちょうが子供の頃から日々堂にいて、少女から娘へと変わっていくのを、すぐ傍にいて見てきたんだからよ……。だが、あるとき、俺ャ、おめえのおちょうを見る目に、女ごを見る目を感じてよ……。これは、もしかするとって怪《あや》しんでいたのよ」

「申し訳ありやせん……」

友造が畳に頭を擦りつける。

「謝るこたァねえ……。おめえも男だ。誰に恋心を抱《いだ》こうと構わねえ」

「いえ、あっしのような男が宰領の大切《てえせつ》な一人娘に惚れるなんざァ、身の程知らずと解ってやした……。何遍、おめえにゃ分不相応《ぶんふそうおう》と自分に言い聞かせたかしれやせん……。けど、日ごとにおちょうちゃんへの想いが募《つの》ってきて……」

「それでいいのよ。どこが分不相応かよ！　おめえは押しも押されもしねえ日々堂の番頭格だ。俺ャ、このまいけば、いずれ、おめえに宰領の座を明け渡してもいいと思ってたんだ。そんな男がおちょうのことを想ってくれてるとは、俺ャ、嬉しくてよ……。おめえがおちょうと夫婦《めおと》になってくれれば、安心して隠居できるってもんでよ」

「宰領、莫迦を言っちゃいけやせん！　隠居だなんて……」

「いや、隠居はまだ先の話として、地均《じなら》しはしておかなきゃってことでよ。じゃ、おちょうと所帯を持つことにおめえは異存がねえんだな？」

「異存なんて、滅相《めっそう》もねえ……。こんな夢みてェな話、あっしには俄《にわか》に信じられねえくれェで……。けど、あっしはよくても、肝心のおちょうちゃんがどう思うか……。第一《でえいち》、あっしはおちょうちゃんから見れば兄貴みてェなもんで、七歳も歳上だ。しかも、あっしにゃ身寄りもなければ、財産もねえ……。あるのは、おちょうちゃんを大切《てえせつ》にしてェと思う想いと、頑丈《がんじょう》な身体だけで……」

「てんごうを！　おめえは男としても町小使としても、必要なものをすべて揃えている。それ以上、何が要《い》るかよ！　町小使にとって必要なのは、頑丈な身体と真《ま》っ直《す》ぐな心……。財産なんてものは、ほどほど食っていけるだけあればいいのよ。ねっ、女将さん、そうでやすよね？」

正蔵がお葉を窺う。

「ああ、そうだ！　友造、よかったじゃないか……。実はね、おまえの腹を確かめる前に、昨夜、それとなくおちょうにおまえをどう思うか訊いてみたんだよ。安心しな！　おちょうもまんざらではなさそうだったからさ……。ただ、何しろ急な話だったもんだから、まだ、おまえのことを兄さんのように思っている節《ふし》があってね……。が、案じることはない。あたしが見たところ、おちょうにも充分その気があるようだからさ！」

「夕《ゆん》べ……。夕べ、そんな話をなさったんで……」

友造が目をまじくじさせる。

「それがよ、夕餉の後、おちょうも年が明けたら二十三だ、そろそろ、嫁に出すことを考えなきゃ薹が立っちまうって話になったもんだからよ……。それで、俺がおめえのことを持ち出したってわけでよ」

正蔵が慌てて言い繕《つくろ》う。

どうやら、正蔵はおちょうに縁談があったことを伏せておきたいようである。

「そう、そうなんだよ……。たまたま、おちょうもその場にいたもんだからね……。

そんな理由《わけ》だから、おちょうもこの話は知っているので安心するといいよ」

お葉は冷や汗もので、慌てて茶を口に含んだ。

「さいで……。では、おちょうちゃんはあっしのことを嫌ではないと……。それを聞いて安堵しやした。あっしはてっきりおちょうちゃんは角造のことが好きなんだと思ってやしたんで……」

「角造だって？　天骨《てんこち》もねえ！　あの不実者《ふじつもの》が……。おっ、言っとくが、おちょうと角造の間にゃ何もなかったんだからよ！」

正蔵が蕗味噌を嘗めたような顔をする。

「ええ、解ってやす。ただ、一時期、おちょうちゃんが角造を慕っているような気がして……。けど、翳《かげ》りのある不良っぽい男に惹かれるってことは娘心にはよくあることで……。幸い、おちょうちゃんも角造の本性《ほんしよう》にすぐに気づいてくれたようで、あっしも心《しん》から安堵しやしたんで……」

「そうかえ……。じゃ、友造も気づいてたんだね。ふン、あの男も莫迦な男さ！　ごらんよ、あの男を……。日々堂に後足《あとあし》で砂をかけるような真似をして出て行き、山源に転がり込んだのはいいが山源からも追い出され、今頃、どこで何をしてるんだか！　あんな男のことは二度と口に出さないでおくれ。鶴亀《つるかめ》鶴亀……」

「相済みやせん……」

「じゃ、友造とおちょうのことは前向きに考えるってことで、今日のところはこれでお開きにしようか……。あんまし長く見世を空けていると、皆が不審に思うだろうからさ。さっ、戻ろうか！」

お葉が友造に委《まか》せておけと目弾をする。

「よろしくお頼み申しやす」

友造はぺこりと頭を下げた。


日々堂に戻ると、友七親分が待ち構えていた。

友七はお葉と正蔵が連れ立って茶の間に入って来たのを認めると、慌てて煙管《キセル》の雁《がん》首《くび》を灰吹《はいふ》きに打ちつけた。

「なんでェ、おめえたち、一緒だったのかよ！　俺ャ、見世に宰領の姿がねえし、茶の間にも女将の姿がねえもんだから、一服したら帰《けえ》ろうかと思ってたのよ……」

「それは済まないことをしちまったね。いえね、正蔵とは店先で一緒になっただけで、あたしはちょいと八幡宮《はちまんぐう》にお詣《まい》りしてきたのさ」

お葉はつるりと口を衝《つ》いて出た万八に、きやりとした。

別に、友七に隠すことはないのだが、お文から縁談を持ち込まれたのが昨日とあっては、さすがに現在《いま》この場で、おちょうと友造を添わせるつもりだとは言えない。

「へっ、あっしは得意先廻りで……」

正蔵も平然とした顔をして、長火鉢の傍に坐る。

と、そこに、厨からおはまが笊《ざる》に入れた蜜柑《みかん》を運んで来た。

「そうなんですよ。親分たら、あたしが相手じゃ不足みたいでしてね。お茶を淹れましょうかと言っても、不貞《ふて》たように、いや、一服したら帰るって……。やっぱ、親分は女将さんのでないと駄目なんですよ!」

「おやおや……。じゃ、何がなんでも、親分に美味《おい》しいお茶を馳走《ちそう》しなくっちゃね!」

お葉は艶冶《えんや》な笑みを浮かべると、茶櫃《ちゃびつ》の蓋《ふた》を開け、茶の仕度を始めた。

「ところで、昨日、戸田さまから聞いたんだけど、殺しがあったとか……」

おはまが蜜柑の入った笊を友七の前に置きながら言う。

「ああ、これが酷《ひで》ェ話でよ……。亭主の浮気に肝精《きもせい》を焼いた(嫉妬《しっと》した)女房が、出逢茶屋で濡《ぬ》れの幕を演じる二人を匕首《あいくち》でぶすりと……」

友七が苦虫《にがむし》を嚙み潰したような顔をする。

「まあ……。じゃ、二人とも……」

お葉が茶を淹れながら、上目《うわめ》に友七を窺う。

「いや、刺されたのは女ごのほうでよ。男、つまり、亭主のほうはかすり傷ひとつつねえ……」

「かすり傷ひとつねえって……。通常、女房が匕首を振り翳《かざ》し女ごを刺そうとしたら、亭主が止めに入《へえ》り、そうすりゃ、かすり傷くれェはつきそうなもの……。じゃ、亭主は何もしねえで、女ごが刺されるのをぼんやり眺めてたっていうのかよ！」

正蔵が呆れ返ったように言うと、友七が遣り切れなさそうに肩息を吐く。

「気が動転しちまって、手も脚も出なかったというのだがよ。まっ、その気持も解らねえでもねえ……。なんせ、浮気相手のその殺された女ごは、女房の妹だというのだからよ……」

「なんだって！」

「そんな莫迦な……」

「じゃ、女房は実の妹に亭主を寝取られたってことかえ……」

お葉も正蔵もおはまも、ほぼ同時に甲張った声を上げた。

再び、友七がふうと肩息を吐く。

「ああ、そういうこった……。しかもよ、これは取り調べで判ったことなんだが、殺された妹には歴《れつき》とした亭主がいてよ」

「…………」

「…………」

「…………」

三人は啞然《あぜん》として、言葉を失った。

「先に所帯を持ったのは妹のほうで、なんと、相手の男は姉の許婚《いいなずけ》だったというのよ……。つまり、妹が姉の許婚を奪い取ったというわけでよ。姉は泣く泣く身を退いた……。と言うのも、この姉妹《きようでえ》、姉妹といっても似ても似つかず、姉はどこと言って取り柄のねえ、影の薄い面差しをしていてよ。それに引き替え、妹のほうはハッと人目を惹くぼっとり者で、まっ、言ってみれば月と鼈《すつぽん》……。幼ェ《おさね》頃から妹のほうは周囲《まわり》からちやほやされて、姉は半ば諦めていたんだろうな。それで、辛抱《しんぼう》の棒が大事と身を退いたのはいいが、控《ひか》え目な姉にそうそう縁談があるわけじゃねえ……。それで、親が躍起になって奔走《ほんそう》したところ、やっと、帳屋大黒屋《ちようやだいこくや》との縁談が纏《まと》まってよ。親にしてみれば、やれやれだ……。姉のほうは生涯《しょうがい》行かず後家《ごけ》を徹《とお》すのかと半ば諦めかけていたところ、大黒屋という大店の内儀に納まることが出来たんだからよ……。しかも、大黒屋博文《ひろふみ》という男が出来た男で、自分はどちらかと言えば控え目な女ごがいい、地味であっても、裏でしっかとお店を束ねてくれる、そんな女房がいいと言ったそうで、正《まさ》な話、博文は姉のお鎮《しず》と仲睦《なかむつ》まじく暮らしていたそうな……。ところが、これが妹のお晴《はる》には面白《おもしろ》くねえときた！　お鎮の許婚に横恋慕《よこれんぼ》して亭主を奪い取ったのはいいが、嫁《とつ》ぎ先を比較してみると、糠屋《ぬかや》と帳屋とでは見世の規模や内証から見ても雲泥《うんでい》の差……。姉さんだけが幸せになるなんて冗談じゃねえ！　まっ、お晴がそう思ったかどうかは定かでねえが、お晴の奴、またもやお鎮の亭主に手練手管《てれんてくだ》で近づくや、じょなめいてみせたってわけでよ……。そうなると、大黒屋博文も世間の男と変わりやしねえ……。口では控え目な女ごがいいと言っていても、ぞくりとするほどのお弁《べん》天（美人）に汐《しお》の目を送られては堪らねえ……。二人が理《わり》ない仲になるには、さしてときがかからなかった……」

友七は苦々《にがにが》しそうに言うと、お葉が淹れた茶をぐびりと飲み干した。

お葉が仕こなし顔に頷く。

「いるんだよ、そういった手合いの女ごが！　とにかく、他人《ひと》の持つものを、人であれなんであれ、手に入れたがる……。あたしがお座敷に出ていた頃にも、そんな芸者がいたからね。大概《たいがい》が見てくれのよい女ごで、常にちやほやされていないと気が済まず、他人《ひと》の幸せが許せないのさ！　けど、他人というのならいざ知らず、姉妹《きようだい》の仲でねえ……。肉親の情《じよう》ってものはないんだろうか……」

「ないんだろうさ！　あれば、これまで幸薄《さちうす》かった姉さんが幸せなのを悦《よろこ》ぶはずだもの……。けど、あたしが不思議に思うのは、姉のお鎮が妹を刺したくなった気持までは解るとして、なぜ、亭主のほうは刺さなかったかってことでしてね」

おはまが首を傾げると、正蔵も大仰《おおぎよう》に頷いてみせる。

「俺もおはまと同じことを考えてたんだが、ひょっとして、お鎮は亭主に裏切られても、尚《なお》、亭主のことを慕っていたってこと……」

友七が頷く。

「おそらくな……。俺が出逢茶屋に駆けつけたとき、お鎮の奴、この男《ひと》が悪いんじゃない、この男《ひと》はお晴に騙《だま》されただけなんだ、と懸命に庇《かば》おうとしてたからよ」

「お鎮は心《しん》から亭主に惚れてたんだね。それで、またもや、お晴に亭主を奪われるんじゃないかと、恨《うら》み骨髄《こつずい》に徹《てつ》したってことなんだろうね……。けど、お晴と亭主は同罪だってェのに、亭主のほうは護《まも》ろうとしたんだから、切ない話じゃないか……」

お葉が遣り切れなさそうに溜息《ためいき》を吐く。

「ああ、まったくでェ……」

正蔵が呟き、深々と息を吐く。

「それで、お鎮さんはどうなりました？」

おはまが訊ねると、もちろん、大番屋《おおばんや》送りさ、と友七が言う。

「やっぱり、死罪となるんでしょうかね」

正蔵がそろりと友七を窺うと、友七は、さあて……、と首を傾げた。

「情状酌量《しやくりよう》がついたとしても、島送りは免《まぬか》れねえだろう……。が、これで大黒屋も終《しめ》ェだろうて……。お店から縄付《なわつ》きを出したばかりか、その原因《もと》を作ったのが旦那なのだからよ」

「辛《つれ》ェ話よのっ」

正蔵が相槌を打つ。

「そりゃそうと……」

友七が蜜柑の皮を剝《む》きながら、思い出したように唐突に言う。

「昨日、うちの嬶《かかあ》がおちょうに縁談を持って来たって？」

お葉はさっと正蔵とおはまに目をやった。

「ああ、そうなんだけどさ……。またとないよい話だとは思うんだけど、おちょうには大店の嫁は務まらないんじゃないかと思ってさ……。いや、まだはっきりと決めたわけじゃないんだけど、どこかしら、もうひとつ踏ん切れないような……」

お葉はしどろもどろ、自分が何を言っているのかも判らなくなっていた。

「止しな、止しな！　あんな話、断っちまいな！」

友七が片手を振る。

えっ……、と三人は目をまじくじさせた。

いったい、友七は何を言おうとしているのであろうか……。

「だからよ、俺ャ、お文を怒鳴りつけてやったのよ！　あいつ、伊予屋の話なんてとっくの昔に諦めちまったと思っていたのによ……。それを、聞けば、うちが断った縁談をおちょうに廻したと言うじゃねえか！　しかも、何が気に食わねえかといって、あいつが俺に相談もしねえで、勝手にそんな真似をしたことほど気に食わねえものはねえ……」

お葉は慌てた。

「親分、お待ちよ！　いったい、何を言おうとしてるんだえ？　じゃ、お文さんがおちょうに縁談を持って来ては駄目だったってことなのかえ?」

「ああ、そういうことだ! なんせ、藍吉って若旦那には、他に好いた女ごがいるんだからよ……」

友七のその言葉に、お葉たち三人は息を呑んだ。

他に好いた女ごがいるとは……。

そんな莫迦な!

これが黙っていられようか……。

三人は端《はな》からこの縁談を断るつもりでいたというのに、業が煮えたように友七を睨《にら》みつけた。


「俺ャよ、現在《いま》、お美濃を嫁に出す気がねえもんだから、一も二もなく、この話を断った……。が、どこかしら気になってよ。すでに断っちまったというのに、後から調べるなんざァ理道《りみち》に合わねえと解っていて、それでも菊川町界隈《かいわい》で聞き込みをしてみたのよ……。そしたら、藍吉という男、これまで縁談に振り向こうともしなかったのは、どうやらお端女《はした》の中に好いた女ごがいたらしくてよ……。ところが、親はお端女なんて滅相もねえってんで、先《さい》つ頃《ごろ》、お端女に暇《ひま》を出したっていうのよ。が、藍吉がそれなら自分も家を出ると言い出し、すったもんだしたらしくてよ……。それで親も諦めて、その女ごは手懸《てかけ》として外に囲い、世間体《せけんてい》を取り繕うために、とにかく嫁を取れってことになったそうでよ……。伊予屋ではこの話が外に漏《も》れねえように店衆に固く口止めしていたらしいが、そうは虎《とら》の皮！　いつしか人の口端《くちは》に上《のぼ》るようになり、そのため、仲人嬶まで立てて集めた縁談がことごとく流れちまってよ……。まっ、そうだろうて……。それでなきゃ、うちみてェな古手屋に伊予屋のような大店から縁談が廻ってくるはずがねえからよ。俺ャ、そんなこととは露《つゆ》知らず断っちまったが、それで正解だったと胸を撫で下ろしたってわけでよ……。ところが、そのことをお文に話さなかった俺も悪かったんだが、あろうことか、お文が俺に黙っておちょうに話を持ってったと言うじゃねえか……。驚いたのなんのって……。それで、慌ててあの話は断ってくれと詫《わ》びを言いに来たってわけなのよ。そいつを先に言わなきゃならなかったのに、話が後先《あとさき》になって済まなかったな……。改めて、お文も詫びに来るだろうが、そんな理由《わけ》なんで、許してやってくれねえか？」

友七が頭を下げる。

お葉は驚き半分、可笑《おか》しさ半分で、複雑な気持だった。

「嫌だよ、頭を上げておくれよ……。親分が気を兼ねることはないんだよ。実は、うちもこの話を断るつもりで、いったい、親分にどう切り出せばよいのかと、頭を抱えていたんだからさ……」

「そう、そうなんですよ。ああ、これであたしも気が軽くなった！」

「そうよ。謝らなくてもよくなったんだもんな……」

三人が口々に言うと、友七が目をまじくじさせる。

「断るつもりだったって、いってえ、それはどういうことで……」

「それがさ、昨夜、おちょうを交えて四人で話したんだがね。当初、あたしもおはまもこれはまたとない良縁だと舞い上がってね……。ところが、正蔵だけがもうひとつよい顔をしないじゃないか。それで、ははァん、これは娘を持つ父親《てておや》なら誰でもが見せる反応で、どんな良縁であろうと相手が誰であろうと、おちょうを嫁に出すのが嫌なんだなって思っていたのさ……。そしたら、正蔵が唐突に友造のことを持ち出してね」

「友造？　友造がどうかしたのかよ……」

友七が訝しそうな顔をする。

「いや、これはあっしの勘にすぎなかったんでやすが、あっしは少し前《めえ》から、友造がおちょうに気があるんじゃなかろうかと睨んでいやしてね……。とは言え、確信があるわけじゃねえ。ただ、なんとなく、そう思ってたんだが、仮に、あっしの推量が当たっているとすれば、日々堂にとってもうちの夫婦にとっても諸手《もろて》を挙げて悦ぶべきこと……。友造はいずれあっしの跡《あと》を継《つ》いで日々堂の宰領になる男でやすからね。そうなりゃ、先々、清太郎坊ちゃんを主人《あるじ》に仰《あお》ぎ、友造とおちょうが見世を支えていくことになる……。これ以上のことがあろうかよ！　てな理由《わけ》で、思い切ってあっしの目論見《もくろみ》を打ち明けたところ、女将さんもおはまも同意見でやして……。まっ、おはまは伊予屋の話に多少の未練があったようでやすが、おちょうを外に出すより、傍に置いておくほうがいいに決まってる……。それに、その場におちょうもいたんだが、おちょうは友造のことをこれまで兄貴のように思ってきたので今ひとつ実感が湧《わ》かなかったみてェだが、まんざらでもなさそうで……。それで、とにかく、友造の腹を確かめてみようってことになり、実は、親分がお見えになったとき、女将さん、あっし、友造の三人が茶店で話をしてきたところでしてね」

「そうなんだよ。八幡宮に詣ってきたなんて万八を言って済まなかったね……。ああでも言わなきゃ、いきなりあの縁談を断ってくれなんて言い出せなくてさ……」

お葉が申し訳なさそうに頭を下げる。

「なんでェ、そういうことだったのかよ……。それで、友造はなんて言った？」

「やっぱり、あっしの読みが的中でやしてね……。あいつ、かなり前《めえ》から、おちょうのことを女ごとして意識していたみてェで……。が、宰領の一人娘に自分のような男は分不相応……、と勝手に決めつけていやがって……。それで、女将さんもあっしもおめえのことを次期宰領にと思っているし、おちょうもまんざらではなさそうだと言ってやると、それは嬉しそうな顔をしやしてね」

正蔵がそう言うと、友七は心から安堵したようだった。

「おっ、よかったじゃねえか！　瓢箪《ひょうたん》から駒《こま》が出るとは、まさにこのこと……。だって、そうだろう？　いずれはそうなったかもしれねえが、伊予屋の縁談が来なかったら、現在《いま》の段階じゃ友造の話は出なかっただろうからよ……。そうしてみると、お文もまんざら余計なことをしたわけじゃなかったってこと……。こりゃ、帰《けえ》ったら、怒鳴りつけたことを詫びなきゃなんねえな……。だが、実に目出度《めでて》ェ話じゃねえか！

実は、俺も先《せん》にふっとそう思ったことがあるのよ……。いずれ、正《しよう》さんも隠居する日が来るが、そのときは友造が宰領を継ぐんだろうな……。だったら、いっそのこと、おちょうと友造をくっつけちまったらいいのに……と。けど、男と女ごの縁というのは水物でよ。友造にはすでに腹に決めた女ごがいるのかもしれねえし、差出口を挟むのは止そうと、そう思っていたのよ」

「してみると、誰もがこうなればいいと思っていたことが現実になったわけで、なるべくしてなったってこと！」

お葉は満足げに皆を見廻した。

「それで、いつ祝言を挙げる？」

友七が身を乗り出す。

「親分たら、気が早いんだから！　まだ話が決まったばかりだというのにさ……」

おはまが呆れ顔をする。

「なに、こういったことは早ェ《はえ》に越したことはねえ……。年が明けたら、おちょうは二十三、いや、四か？」

「二十三ですよ」

「ほれみな！　ぼやぼやしていると薹が立っちまう。年明け早々にでも祝言を挙げるんだな」

「正月早々だなんて、便り屋は年賀状の配達で猫の手も借りたいほど忙しいとき……」

お葉が難色を示すと、おはまが続ける。

「そうこうしていると、すぐに出替《でがわり》（奉公人が入れ替わる）がきて、口入屋《くちいれや》が席の暖まる暇がないほどの忙しさとなる……」

「そりゃそうだ！　便り屋なんて年中三界暇《ねんじゅうさんがい》なしなんだからよ。てこたァ、暇をみてなんて言ってた日にゃ、何も出来ないってこと……。まっ、友造とよく話してみて、来年中には祝言といきてェもんだな」

正蔵がそう言うと、お葉がポンと膝を打つ。

「確かに、祝い事は早いに越したことがないからさ！　だが、そうなると、友造たちの新居を探さなきゃならない……。まさか、正蔵夫婦と同居ってわけにはいかないだろうからさ。さあ、忙しくなるよ。皆、気張っていこうじゃないか！」

すると、友七がぽつんと呟いた。

「そうか……。二人が所帯を持つってことは、嫁に出さなくても、住まいを別に考えてやらなきゃならねえってことか……。俺ャ、嫌だ！　お美濃は嫁にも出さねえが、婿も取らねえ……」

おやおや……、とお葉とおはまが目まじする。

父親《てておや》とは、かくも哀《あわ》れで寂しい生き物なのであろうか……。

お葉はちらと正蔵を流し見た。

正蔵は今にも泣き出しそうになるのを懸命に堪えているようだった。


その頃、龍之介は桜木直右衛門の屋敷前に佇んでいた。

川添耕作や田邊朔之助が匙《さじ》を投げたといっても、龍之介は小弥太のことを放ってはおけなかったのである。

それで、四半刻前に桜木家を訪ねたのだった。

が、この日も、応対に出た若党から返ってきたのは、若旦那さまはご不在……、というぞん気（愛想のない）な言葉で、取りつく島がなかった。

「では、先日渡した文は、確かに小弥太の手に渡ったのであろうな？」

龍之介のその問いにも、若党は、ああ、確かに渡した、と答えただけで、胡散臭《うさんくさ》そうに一瞥《いちべつ》した。

それで、仕方なく引き上げることにしたのであるが、屋敷うちのやけにひっそりとした雰囲気が龍之介の不安を駆り立て、どうしてもそのまま踵《きびす》を返す気になれなかかったのである。

そろそろ、七ツ（午後四時）近くになるのであろうか……。

だとすれば、もうしばらく待っていれば、小弥太が出先から戻ってくるやもしれない。

とは言え、中食を腹八分《はらはちぶ》に留《とど》めたせいか、ひだるくて（空腹）目が廻りそうである。

やはり引き返し、夕餉までの凌ぎに軽く蕎麦《そば》でも引っかけたほうがよいかもしれない……。

そう思ったときである。

お高祖頭巾《こそずきん》を被《かぶ》った女ごが、木戸門から出て来た。

龍之介はハッと身体を返すと、隣家と隔《へだ》てる板塀《いたべい》の陰に隠れた。

お高祖頭巾を被っているのでしかと面差しは判らないが、細身の身体から醸《かも》し出される感じから見て、妙齢の女ごのようである。

女ごは藤色の縮緬《ちりめん》の着物に、紫の魚子織《ななこおり》の被布《ひふ》を纏い、どこから見ても、婥《はしため》という雰囲気ではない。

すると、この女ごが小弥太の妻女、登和なのであろうか……。

だが、この女ごが登和だとして、この時刻、供もつけずにいったいどこに行こうとしているのであろうか……。

女ごは龍之介が身を潜《ひそ》めた板塀のほうに歩いてきた。

龍之介が息を殺し、身を硬くする。

すると、女ごは刻《きざ》み足に龍之介の脇を擦り抜けると、六間堀《ろっけんぼり》のほうに歩いて行った。

龍之介の脇を擦り抜けるとき、わずかに見えた女ごの顔……。

抜けるように透き通った白い肌や黒目がちの瞳《ひとみ》に、龍之介の胸がきやりと高鳴った。

登和に違いない……。

龍之介は確信した。

だが、いったいどこに……。

あとを追うべきだろうか、いや、あとを追ったとして、それがいったい何になるというのだ……。

龍之介の頭の中で、さまざまな思いが錯綜《さくそう》した。

と言うより、身体が硬直してしまい、身動きが取れなかったのである。

それほど、お高祖頭巾から覗いた面差しの麗《うるわ》しさに、畏縮《いしゅく》してしまったというほうがよいかもしれない。

が、龍之介は気を取り直すと、そろりと通りを窺った。

登和の姿はもうどこにもない。

龍之介は自嘲《じちょう》するかのように片頬《かたほお》を弛《ゆる》め、六間堀に向かって歩いて行った。

結句、小弥太に逢うことは出来なかったが、登和の姿を垣間《かいま》見たことで、龍之介には小弥太の気持が理解できたように思えた。

形だけの夫婦《めおと》であってもいい、俺はあの女《ひと》の傍にいられるだけで幸せなのだ……。

小弥太はそう言い、登和に他に好いた男がいると解っていて、桜木家の婿となったのである。

今時分、供もつけずに登和が出掛けたということは、おそらくお忍びであろうし、男との逢瀬のためなのかもしれない……。

小弥太、おぬしは本当にそれでよいのか……。

龍之介の胸を、寂寥《せきりよう》としたものが襲ってくる。

龍之介は月代《さかやき》や項《うなじ》に肌を刺すような寒風を受け、夕闇《ゆうやみ》の迫る川べりへと歩いて行った。

通りの両脇に武家屋敷が棹《さお》になって並んでいる。

一陣の秩父颪《ちちぶおろし》に木々が悲鳴を上げ、あちこちから庭木がバサバサッと木の実《こみ》を落とす音が聞こえてきた。

一瞬、驟雨《しゅうう》かと思ったほどの季節外れの木の実雨に、龍之介はものの憐《あわ》れを感じ、身が顫えた。

あれは、櫟《くぬぎ》であろうか、それとも樫《かし》、椎《しい》、銀杏《いちょう》……。

つと、義弟《おとうと》哲之助のことが頭を過ぎった。

小弥太、おぬしは哲之助の轍《てつ》を踏んではならない！

そう思った刹那《せつな》、琴乃の顔がゆるりと龍之介の眼窩《がんか》を過ぎっていく。

琴乃どのは今頃どうしておられるのであろうか……。

が、慌ててその想いを振り払った。

兄忠兵衛《ちゅうべえ》が耳許《みみもと》で囁いたように思えたのである。

「言っておくが、二度と琴乃どのの前に姿を現さないこと……。普通に考えれば、哲之助がもうこの世にいないのだから、そなたが内田家に入ってもおかしくはない……。元々、そなたと琴乃どのは相思の仲だったのだからよ。だが、はたして、現在《いま》の琴乃どのがそれを望むであろうか……。否《いな》……。琴乃どのは哲之助と夫婦《めおと》になってからもそなたのことが忘れられず、結句、その自分の想いが哲之助を苦しめ、酒へと逃げさせてしまったのだと自分を責め続けてこられたのだ。そんな琴乃どのが、哲之助がいなくなったからといって、すんなりとそなたを迎え入れると思うか？　そなたにしても然《しか》り……。哲之助亡き後、平然とした顔をして内田家に入って行けるか？　行けないだろう？　そんなことをしても、二人とも哲之助への罪悪感に苛《さいな》まれるだけのことで、決して元の形には戻れない……。覆水盆《ふくすい》に返らず、無理をすれば、ますます互いの疵《きず》が深くなるばかり……」

兄上、解っておりますゆえ……。

二度と、琴乃どのにお逢いすることはないでしょう。

龍之介は人気《ひとけ》のない道を歩きながら、ぼそぼそと独《ひと》りごちた。

再び、川のほうから寒風が吹きつけてきて、背後でバサバサッと木の実雨が……。

龍之介はわっと叫び出したい衝動をぐっと堪え、川に向かって大股《おおまた》に歩いて行った。

花かんざし

師走《しわす》とはよく言ったもので、それでなくても年中《ねんじゅう》三界賑々《さんがいにぎにぎ》しい深川界隈《かいわい》が、十二月に入るや人出が弥増《いやま》し、一《いち》の鳥居《とりい》から深川八幡宮にかけて芋《いも》の子を洗うかのような雑踏であった。

その人立《ひとだち》の中を煤竹《すすたけ》売りや暦《こよみ》売りが売り声を上げて縫《ぬ》っていき、節季候《せきぞろ》や門付《かどづけ》の姿がやけに目につくのも年の瀬独特の光景である。

ここ便り屋日々堂では、二季《にき》の折れ目となるこの時期、各お店《たな》からいっせいに書出《かきだし》(請求書)が出されるとあって、仕分け作業のために雇人《やといど》(臨時雇い)を雇い入れ、連日、席の暖まる暇《ひま》がないほどの忙しさであった。

「誰でェ！　新材木町宛《しんざいもくちょうあて》の書出を日々堂扱いの箱に入れたのは……。材木町《ざいもくちょう》は材木町でも、上に新がついてりゃ内神田《うちかんだ》で、葭町扱いとなる！　おっ、早《はえ》ェとこ仕分けしな。もう少ししたら、山源(飛脚《ひきゃく》問屋の総元締《そうもとじめ》)の町小使《まちこづかい》(飛脚)がうち宛の文《ふみ》を届けに来るんだからよ」

友造が小僧や雇人たちを見廻《みまわ》し、ポンポンと手を叩《たた》く。

日々堂の町小使は全員が文を集めに巷《ちまた》に出ていて、現在《いま》、集配室で仕分け作業をしているのは小僧と雇人だけとあり、監視役の友造が彼らの動きに目を光らせているのである。

ところが、小僧の中には難しい文字が読めない者がいるうえ、雇人はといえば、字は読めても江戸の切絵図《きりえず》がしっかと頭の中に描《えが》かれていないとみえ、友造は片時も目が離せない。

正蔵は旅籠《はたご》竹之屋《たけのや》の番頭から話を聞きながら、不安げにちらと集配室を窺《うかが》った。

「何か？」

竹之屋の番頭が訝《いぶか》しそうな顔をする。

「おっ、これは失礼を……。いえね、うちも急遽《きゅうきょ》雇人を入れたのですが、何しろ仕分け作業に慣れねえ者ばかりときて……。いや、これは申し訳ありやせんでした。では、お宅さまが言われる条件は、歳《とし》は二十歳《はたち》前後で、下足番《げそくばん》と下働きを一名ずつ……。どちらも長く働いてくれそうな男で、必ず請人《うけにん》がついているってことでやすね？　しかも、なるたけ早くってことですが、さあて……、この年の瀬に身許《みもと》の確かな若《わけ》ェ男がいるかどうか……」

正蔵が首を傾《かし》げる。

「そこをなんとか……。なんせ、これまでいた下足番に急死されて頭を抱《かか》えているところなんでね。こんなことになると判《わか》っていたら、もっと早くに若い男を雇っていましたよ……。それなのに、うちの女将《おかみ》さんが使用人が焼廻《やきまわ》ったからって暇を出したのでは気の毒だと情《じょう》をかけたばかりに……。いえね、急死した下足番は竹之屋が深川に見世《みせ》を出した頃からいましてね。五十路半《いそじなか》ばでしたが、これまで風邪《かぜ》で寝込むなんてことも一度もなく、息災なのを自慢するような男でしたから、まさか心《しん》の臓《ぞう》の発作《ほっさ》で呆気《あっけ》なくこの世を去るとは……。やはり、息災そうに見えても、歳には敵《かな》わなかったってことなんでしょうかね。それで女将さんも此度《こたび》は、何が何でも若い男をって言い出されましてね……。そんな理由《わけ》ですんで、ひとつよろしくお頼み申します」

「解《わか》りやした。一人、心当たりがありますんで、早速《さっそく》、その男に当たってみて、追っておお知らせいたしやしょう」

正蔵がそう言ったときである。

がっしりとした体躯《たいく》の男が女連れで見世に入って来た。

男は正蔵の顔を見ると、懐《なつ》かしそうに猿眼《さるまなこ》を瞬《しばたた》いた。

はて……。

正蔵がとほんとする。

どこかで見たような気がするが、咄嗟《とっさ》に思い出せないのである。

「じゃ、あたしはこれで……」

竹之屋の番頭がこれでもう自分の用は済んだとばかりに頭を下げ、そそくさと見世を出て行く。

「宰領《さいりよう》、久し振りだのっ！」

男のその声に、正蔵は、ああっ……、望月《もちづき》さま！　と上擦《うわず》った声を出した。

「なんと、望月さまではありやせんか！　すっかり見違《みちげ》ェてしめえやしたよ。だって、そのお顔……」

正蔵が驚いたように望月要三郎《ようざぶろう》の頭のてっぺんから爪先《つまさき》まで睨《ね》め下ろす。

「これはまた、ご挨拶《あいさつ》ではないか……。おぬし、一年前と比べ、それがしがこざっぱりとした身形《みなり》をしているとでも言いたいのであろう？」

望月が苦笑《にがわら》いをする。

「ええ、さいで……。というのも、着ていらっしゃる着物はもちろんのこと、お髭《ひげ》が……」

正蔵が顎《あご》に手を当てる。

望月はくっと肩を揺《ゆ》らした。

「そう言われても仕方がないのっ……。確かに、あの頃は無精髭《ぶしょうひげ》にざんばら頭で、見るからに食い詰め浪人といった風体《ふうてい》であったからな。だが、現在《いま》は戸田どののお陰で七福《しちふく》の帳付《ちょうづけ》……。大店《おおだな》の一員というのに、これまでのようにむさ苦しい恰好《かっこう》は出来ないからよ！」

「では、戸田さまが紹介なさった今川町《いまがわちょう》の質屋《しちや》に……。それはようございました。あれは確か去年の十月のこと……。すると、あれからずっと七福に？　ほう、それはまた、天秤棒《てんびんぼう》が上へ反《そ》るようなことが……」

「なんだ、天秤棒が上へ反るとは！　それではまるで、それがしが一年以上も一所《ひとところ》で世話になっていることが不思議という言い方ではないか……。まっ、確かに、これまでのそれがしはそうだったかもしれない。だが、どうやら、それがしには帳付の仕事が向いていたようでよ。剣術のほうはからきしだったが算勘《さんかん》には長《た》けているので、一日中帳簿と首っ引きでいるのがまったく苦にならない……。つくづく、戸田どのにはよい仕事を斡旋《あっせん》してもらえたと感謝しているのよ。お陰で、現在《いま》では七福で一部屋宛《あて》がわれ、上げ膳《ぜん》据《す》え膳、空腹《からはら》になることもない……」

「では、材木町の裏店《うらだな》は引き払われたってことで？」

「ああ、七福では住み込みが条件であったからよ。それで、あの部屋の後に入ったのがこの女《ひと》でよ……。実は、今日はこの女《ひと》に仕事を世話してもらいたくてやって来たのよ。政女《まさじょ》どの、さあ、挨拶を……」

望月がそう言い、女《おな》ごを振り返る。

政女と呼ばれた女ごは一歩前に出ると、深々と頭を下げた。

「北里政女《きたざと》と申します」

「北里……。てことは、おまえさんもお武家ってことで……」

正蔵が目をまじくじさせる。

「ああ、そういうことだ。ご亭主はそれがしと同じく浪人なのだが、永《なが》いこと病《やまい》の床に臥《ふ》しておられてな……。それで、これまでこの女《ひと》が針仕事をして立行《たちいき》してきたのだが、いよいよ薬料《やくりよう》（治療費）にも事欠《ことか》くようになり、日中だけ一膳飯屋《いちぜんめしや》か小料理屋といったところで下働きが出来ないものかと相談されたものでな……」

「本来ならば、そういった見世は夜分のほうがよいのでしょうが、なにぶん病の主人を抱えていますので、夜分に家を空《あ》けるわけには参りません。それで、日中は外で働き、夜は主人の傍《そば》で針仕事をと思っています」

政女が上目《うわめ》にそろりと正蔵を窺う。

歳の頃は三十路《みそじ》半ばであろうか、目の下に隈《くま》が出来、ひどく疲れた顔をしていた。

「政女どのの人柄はそれがしが保証する！　胸を病《や》んだご亭主を抱え、これまで夜の目も寝ずに針仕事に勤《いそ》しんでこられたが、繰言《くりごと》ひとつ募《つの》ることなく、甲斐甲斐《かいがい》しくご亭主の世話をし、それがしは妻女の鑑《かがみ》と思っているほどだ！」

望月が正蔵の反応を窺おうと覗《のぞ》き込む。

「なっ、どうだろう？　ひとつ請《う》けてもらえないだろうか……」

正蔵は勿体《もったい》をつけたように咳《しわぶき》を打った。

「望月さまがそこまで言われるのですから、手前どもといたしましては快《こころよ》くお引き受けするまでですが、さあて、日中だけとなりますと、一膳飯屋か蕎麦屋《そばや》と限られますんでね……。お急ぎで？」

「それは早いに越したことはない！　何しろ、溜《た》まりに溜まった薬料を払わなければならないのでな」

「と言われましても、現在《いま》、あたしどもにそのような求人がありませんのでね。これが夜分でよいというのなら、ないこともないのですが……」

正蔵が腕を組み、天井《てんじょう》を見上げる。

が、何か思いついたとみえ、つと政女に視線を戻した。

「おまえさんが武家の妻女というのであれば、当然、文字が読めるってこと……。いえね、ちょうど便り屋のほうが現在《いま》は猫の手も借りたいほどに忙しいとき……。それで、仕分け作業を手伝ってもらうわけにはいかねえかと思いやしてね。といっても、仕分け作業に人手を必要とするのはこの月一杯《いっぺえ》でやすが……。だが、手前どもがその間にも下働きの仕事を探すとして、当座の凌《しの》ぎに、ねっ、そうなさってはどうでやしょう?」

正蔵がそう言うと、政女は戸惑《とまど》ったように望月を窺った。

「政女どの、迷うことはないですよ! そうなさるとよい……。日々堂なら安心して働けるってもんだ。宰領、是非、そうしてやってくれないか? ああ、よかった! これでそれがしも肩の荷が下りたというもの……。ところで、それはいつから始めればよいのだろう」

望月が正蔵を瞠《みつ》める。

「いつからって、ええ、今すぐからでも構いやせんが……」

「今すぐ? 政女どの、今からということになればご亭主を一人にしておくことになるが、それで大丈夫か?」

望月が気遣《きづか》わしそうに政女を見る。

政女は頷《うなず》いた。

「裏店には七ツ（午後四時）頃までに戻ればよいので、大丈夫です。明日から本格的に働かせていただくことにして、今日はどんなことをすればよいのか覚える意味で、手伝わさせていただきます」

「よし、決まりだ！」

正蔵はそう言うと、集配室に向かって大声を上げた。

「友造、ちょいと来てくれねえか！」

友造が店先に出て来る。

「今日から仕分け作業を手伝ってもらうことになった北里政女さんだ。奥に案内して、仕事の内容を説明してやってくれねえか？」

友造が目をまじくじさせる。

「北里政女って……。じゃ、お武家で？」

「ああ、そうだ。現在《いま》は、以前、望月さまが住まわれていた材木町の裏店におられるそうだ……。追々男衆《おとこし》が戻って来るだろうから、皆にもそう伝えてくれねえか……」

友造はやっと政女に付き添《そ》っている男が望月だと気づいたようで、驚いたように目を丸くする。

「えっ、望月さまって、あの望月さまで？　こいつァ、見違《みちげ》エやしたぜ……。すぐには判りやせんでした。へっ、解りやした。じゃ、政女さん、奥へどうぞ！　あっ、そう呼んでもいいんでやすよね？」

友造が気を兼《か》ねたように言う。

「当たり前《めえ》じゃねえか。お武家であろうと、日々堂の一員になったからには、皆、同等……」

正蔵がそう言うと、政女は、よろしくお願いします、と頭を下げた。


お葉は出先から戻って来ると、集配室で見知らぬ女ごが文を手に葭町送りの文と日々堂扱いの文を仕分けしているのを目にし、訝しそうに帳場の正蔵に目をやった。

正蔵が慌《あわ》ててお葉の傍に寄って来る。

「済みやせん。今、女将さんに報告しようと思っていたところでやして……」

正蔵はそう言うと、茶の間に入れとお葉に目まじした。

お葉は茶の間に入ると、長羽織《ながばおり》を脱ぎ、長火鉢《ながひばち》の傍に坐《すわ》った。

「報告って、なんだえ?」

「ええ、それが……。今日、望月さまがあの女《ひと》を連れて来られやしてね」

「望月って、便利堂《べんりどう》の用心棒をやっていた、あの望月って男かえ?」

「ええ……。女将さんもご存じと思いやすが、望月さまは六助が便利堂の町小使に悪さされているところを助けてからというもの、あんな無体な見世の用心棒など出来ねえと、さっさと脚《あし》を洗われ、その後、戸田さまの斡旋で今川町の七福という質屋の帳付に入《へえ》られやしたそうで……。北里政女というあの女《ひと》は、望月さまの後に材木町の裏店に入《へえ》ったとか……」

「北里政女って、じゃ、お武家なのかえ?」

「望月さま同様に浪人だといいやすが、なんでもご亭主が労咳《ろうがい》だとかで、それであの女《ひと》が針仕事をしてこれまで立行してきたが、針仕事だけでは薬料が払えなくなったそうでしてね……。それで、日中、一膳飯屋か蕎麦屋といったところで下働きが出来ねえものかと相談されたんですが、何しろ急な話で、現在《いま》のところ求人がねえもんで……。てことで、お武家なら字が読めるのだろうから、仕事口が見つかるまでうちで仕分け作業を助《す》けてみねえかとあっしが提案したってわけで……。何しろ、師走は猫の手も借りてェほどに怱忙《そうぼう》を極《きわ》めるときで、小僧と雇人だけでは仕分け作業の手が廻《まわ》らねえ……。本当は女将さんに相談してからでなくちゃならなかったのに、あっしの一存で決めちまい申し訳ねえことをしてしめえやした……。なんせ、溺《おぼ》れる者は藁《わら》をも摑《つか》むって心境でやしてね。ところが、これが大当たりでやしてね！」

正蔵が得意満面に鼻蠢《おごめ》かせる。

「大当たりとは……」

「それが、友造が言うには、政女というあの女ご、一を聞いて十を知るといった按配《あんばい》で、瞬《またた》く間に山と溜まった文や書出を仕分けしてみせたばかりか、漢字の読めねえ小僧に字を教えることまでしてくれたそうでやして……。友造が感心してやしたぜ、あの女ごは拾いものだったと……。へっ、政女さんの手が空《す》いたところで挨拶に来させやすんで……。あっ、それでよかったんでやすよね？」

正蔵がそろりとお葉を窺う。

「いいも悪いもあるもんか！　もう決めちまったんじゃないか……。見世のことは宰領のおまえに委《まか》せていることだし、友造までが拾いものだと言うんだから、あたしが出る幕はないいってもんでさ……」

お葉が投げ遣《や》りな口調で言うと、正蔵が驚いたように目を瞬く。

「どうかなさいやした？」

「どうもしないさ。疲れてるんだよ……」

「今日は玄妙和尚《げんみようおしよう》に呼ばれて、要律寺《ようりつじ》に行きなすったんじゃ……」

「ああ、そうなんだけど、ちょいとばかし、くさくさした気分なもんでね」

「くさくさした気分とは……」

「いいから、さっさと政女って女ごを呼んでおくれ！」

お葉が気を苛《いら》ったように言うと、正蔵が慌てて見世に出て行く。

しばらくして、正蔵が政女を連れて茶の間に戻って来た。

「北里政女と申します。明日より、日々堂で世話になることになりました。よろしくご指導下さいませ」

政女は威儀を正すと、深々と頭を下げた。

「あたしが女将のお葉だ……。おおよそのことは宰領から聞いたが、おまえさん、病のご亭主を抱えて苦労してきたんだって？　日々堂がいくらかでもおまえさんの力になれればと思っているが、おまえさん、今日半日ここにいて、うちが血気盛んな男衆ばかりだということが解っただろう？　そんな荒っぽい男衆を相手に仕事をしていく自信があるというのなら、うちは大歓迎だ！　せいぜい気張っておくれ！　あっ、それから、何か困ったことがあったら、あたしか厨《くりや》にいるおはまに言うんだよ……。言っておくが、一人で悩むんじゃないよ！　日々堂の店衆《たなし》は皆家族……。あたしらその想《おも》いのもとに支え合っているんだからね。あっ、それから、朝餉《あさげ》は家で済ませて来るとしても、中食《ちゅうじき》は食間で皆と一緒に摂《と》るといい……。本当は夕餉《ゆうげ》もここで食べていけばいいんだが、病の亭主が裏店で待っているんじゃそうもいかないだろうから、おはまに言って、帰る前に食材を分けてもらうといいよ……」

「有難《ありがと》うございます」

「じゃ、もう下がっていいよ」

「はい」

政女が集配室へと戻って行く。

「ねっ、どうでやす？　なかなかいい女ごでしょう？」

正蔵が鼻柱《はなばしら》に帆《ほ》を引っかけたよう（自慢げ）な顔をする。

「ああ、どうやら、芯《しん》のしっかりした女ごのようだね。だが、正蔵、あの女《ひと》、明日から世話になると言っていたが……。半日とはいえ、今日も仕事をしたんだろう？　だったら、きちんと手間賃を払ってやるんだよ」

「ええ、もちろん、そのつもりでやす」

と、そこに、おはまが厨から茶の間に入って来た。

「ああ、やっぱり、お帰りになってたんですね」

おはまはそう言うと、正蔵の顔をちらと見て、くくっと肩を揺すった。

何やら、腹に含むところがあるようである。

「政女さんにもうお逢《あ》いになりました？」

「ああ、たった今、挨拶に来たんでね。なかなか佳《よ》さそうな女ごじゃないか……」

おはまが頬《ほお》に皮肉な嗤《わら》いを浮かべ、ちらと正蔵を見る。

「この男《ひと》、政女さんを雇ったのは自分の手柄でもあるかのような言い方をしたんじゃないですか？」

正蔵が挙措《きょそ》を失う。

「おはま、おめえ、いってえ何を言ってやがる……」

「何を言ってるって、おまえさんがあたしにあの女《ひと》を紹介したときのように、女将さんの前でも味噌気《みそけ》（自慢げ）に言ったんだろうと思ったから、そう言ったまでさ！」

「悪《わり》イかよ、それが……」

「悪かァないよ。けど、自分の手柄みたいなことを言われたんじゃね！」

「何言ってやがる！　あの女《ひと》に仕分け作業を助《す》けさせてはと機転を利《き》かせたのは、この俺だ。そのお陰で、政女さんも助かったし、日々堂も助かったんじゃねえか……」

「お止《よ》しよ！　まったく、おまえたち二人は寄るとこうなんだからさ……。まっ、それだけ仲がよいってことなんだろうが、いい加減にしておくれよ。あたしゃ疲れてるんだからさ……」

お葉が甲張《かんば》った声で二人を制し、深々と息を吐《つ》く。

正蔵とおはまが眉根《まゆね》を寄せる。

「何かありましたんで？」

「そう、そうなんだよ。俺もさっきから気になってたんだが……」

「…………」

お葉は無言で茶の仕度《したく》を始めた。

「…………」

「…………」

正蔵とおはまが息を殺し、お葉の動きを瞠めている。

お葉は二人に茶を淹《い》れてやると、自《みずか》らも湯呑《ゆのみ》を口に運ぼうとして、ふうと溜息《ためいき》を吐いた。

「二人とも、今日、あたしが要律寺に行ったのは知っているね？」

「ええ、和尚に呼ばれたとか……」

おはまが不安の色も露《あら》わに、お葉の顔を覗き込む。

「実は、前にもおまえたちには言ったと思うが、去年、あたしが盂蘭盆会《うらぼんえ》に墓詣《はかまい》りに行くと、おとっつァんの墓前にまだ瑞々《みずみず》しい花が手向《たむ》けてあったことを憶《おぼ》えているかえ？」

「ええ、確かにそういうことがありましたね。それで、女将さんが寺小姓《てらこしょう》に誰が詣ったのかと訊《たず》ねてみたところ、遠目《とおめ》に見ただけで顔までは見えなかったが、四十路《よそじ》半ばの女ごで、しかも、粋筋《いきすじ》が好むばい髷《まげ》を結《ゆ》っていた、と寺小姓が……」

おはまが仕こなし顔に頷く。

「あたしにはその女ごが誰なのか皆目見当がつかなかった……。だって、おとっつァんが死んだときに十歳だったあたしは、おとっつァんという男《ひと》は商《あきな》いひと筋の男で、およそ浮いた話には縁のない男だと思っていたからさ……」

「それに、女将さんのおとっつァんと文哉《ふみや》さんの関係は、それから後になって初めて知ったのですものね」

「そうなんだよ！　吉田屋《よしだや》の旦那《だんな》に文哉さんを紹介され、おとっつァんに女ごがいたと知ったあたしがどれだけ衝撃を受けたか……。けど、文哉さんと腹を割って話してみて、おとっつァんにはあの女《ひと》が必要だったってことが解ったよ。おっかさんみたいに権高《けんだか》な女ごを女房に持てば、誰だって、他の女ごに癒《いや》しを求めたくなる……。娘のあたしが言うのも妙だが、あたし、おとっつァんはつくづく善《よ》い女《ひと》に巡《めぐ》り逢えたのだと思うよ。だって、文哉さんて、あんなに気《き》扱《あつかい》のある心根《こころね》の優しい女《ひと》だもの……」

「現在《いま》では、女将さんと文哉さんは水魚《すいぎょ》の交《まじ》わり……。ところが、てっきり墓に詣ったのは文哉さんだろうと思っていたのに、本人に訊《き》くと、そうではないって……」

おはまがお葉を瞠める。

お葉は頷いた。

「それで、ではいったい誰だったんだろうかと、ずっと不思議に思っていた……。しかも、去年だけでなく、今年の盂蘭盆会にもあたしが墓に詣ると、すでに誰かが詣っていたんだもんね……」

「いったい、誰だったんでしょうかね……。けど、女将さん、何か判ったら知らせてくれと寺に頼んでおいたのでは……。あっ、そうか、何か判ったんだ！　それで、和尚から呼び出しが……」

はっと、おはまがお葉を窺う。

お葉は忌々《いまいま》しそうな顔をすると、唇を噛《か》み締《し》めた。

「実は、お近《ちか》という女ごが要律寺の住持《じゅうじ》を訪ねて来たっていうんだよ。歳の頃は四十路半ばで、以前、御船蔵前《おふなぐらまえ》のよし乃屋《のや》に奉公していたというのだが、お葉さん、知っている女ごなのかと和尚に訊かれてね……。知っているも何も、お近はよし乃屋ではお端女《はしため》を束《たば》ねていた女ごだからね……。おっかさんが実家《さと》の柏屋《かしわや》から連れてきた女ごで、謂《い》わば、お側《そば》……。そのため、いつもおっかさんの顔色を窺っていて、そのくせ、まるでおっかさんを鏡に映《うつ》したみたいに権高な女ごでさ！　あたしは大嫌いだったんだが、おっかさんが上方《かみがた》から来た陰陽師《おんみようじ》に入れ揚《あ》げ、見世の有り金すべてを持ち出し姿を晦《くら》ましちまったときには、あの女《ひと》、自分までがおっかさんに捨てられたと悲嘆に暮れて、人目も憚《はばか》らずにおいおい声を上げて泣いてさ……。けど、現金なものさ！　よし乃屋の屋台骨が傾いたとみるや、いの一番に逃げ出しちまってね……。お近にとっては、おっかさんのいないよし乃屋には、なんの未練もなかったってことなんだろうさ……。だから、あの女ごは自分が逃げ出した後、見世が二進《にっち》も三《さっ》進《ち》もいかなくなり、おとっつァんが首縊《くく》りしたことや、あたしが芸者置屋《おきや》に身を寄せることになったことも知っちゃいないはず……。それでなんだろうけど、和尚の話では、あの女ご、あたしが現在《いま》どこにいるのか、知っているのなら是非にも教えてほしいと言ったというじゃないか……」

「それはまたどうして……」

正蔵がひと膝《ひざ》前に詰め寄る。

「女将さんの所在を知って、いったい、どうしようってのでしょう」

おはまも訝しそうな顔をした。

「それがさ、おっかさん、現在《いま》、お近の許《もと》に身を寄せてるんだって……」

お葉は蕗味噌《ふきみそ》を嘗《な》めたような顔をした。

「えっ、では、生きていらっしゃったってこと……」

「生きていたのなら、なぜ、これまで女将さんの前に姿を現さなかったのだろうか……。そりゃ、亭主や娘を捨てて逃げ、今さら合わせる顔がねえと思ったのかもしれねえが、それなら、なんで現在《いま》になって……」

おはまと正蔵が信じられないといった口ぶりで言う。

「それがさ、おっかさんがお近の前に現れたのが、去年の春だというのさ……。ほら、おっかさんと一緒に陰陽師のあとを追って上方に行ったお富《とみ》さんのことを考えてごらんよ？　あの女《ひと》の場合、ようやく自由の身になれて、路銀稼《かせ》ぎのために行く先々で金を稼ぎながら、七年もかけて生まれ故郷の深川に戻ってきただろう？　おおかた、おっかさんもお富さんとおっつかっつな道を辿《たど》ってきたんだろうさ……。現在《いま》、お近は両国《りょうごく》で小料理屋を営《いとな》んでいるそうでさ。おっかさんは深川に戻って来て初めて、よし乃屋が身代限《しんだいかぎ》りをしたのを知ったそうでさ。しかも、あたしの行方《ゆくえ》が判らないとあって身の置き場に困り、それでお近を頼って行ったんだと思うよ。ところが、おっかさんがやっとの思いでお近を捜《さが》し当てたのはいいが、ずいぶんと身体《からだ》が衰弱していたそうでさ……。お近にしてみれば、いくら縁が切れたといっても、おっかさんはかつての主人《あるじ》だ……。それで無下《むげ》には扱えず、使用人部屋におっかさんの居場所を作ったってわけでさ……」

お葉が辛《つら》そうに肩息《かたいき》を吐く。

「じゃ、これまでと立場が逆転したってことですか？」

おはまがそう言うと、お葉はつと顔を曇《くも》らせた。

「使用人にしたくとも、おっかさんはもう使い物にならないほど衰弱していたそうでさ……。お近も困《こう》じ果てたんだろうね。風の便りによし乃屋が身代限りとなり旦那が首縊りしたことまでは耳にしていたが、一人娘のあたしがその後どんな身の有りつきをしたかまでは判らない……。それで、あたしを捜し当て、おっかさんの面倒を見させようと思ったのか、よし乃屋の檀那寺《だんなでら》である要律寺を訪ねてみたそうでね。ところが、おとっつァんの墓に手を合わせることはしてみたものの、どうやら、寺にあたしの行方を訊ねることには気を兼ねたようでさ……」

「ああ、それが去年の盂蘭盆会のことなのかしら……」

おはまがそう言うと、お葉は頷き、話を続けた。

「おっかさんね、お近からおとっつァんの墓に詣ったが住持にあたしの消息を訊ねられなかったと聞くと、髪を振り乱し、泣いて頼んだそうでさ……。嘉次郎《かじろう》の墓にあたしの代わりに詣ってくれたことには感謝するが、まかり間違っても、およう（お葉）の行方を捜そうなんて思わないでくれ、母親らしきことを何ひとつしてやれずにいて、どの面《つら》下げてあの娘《こ》に逢えようか……、しかも、こんな零落《おちぶ》れた姿をあの娘《こ》の前に晒《さら》すなんて……、そんなことをするくらいなら、いっそ死んでしまったほうがどれだけましか……、後生一生《ごしょういっしょう》のお願いだから、決しておようを捜そうとはしないでおくれって……。それで、お近はあたしの行方を捜すのは諦《あきら》め、今年の盂蘭盆会にも墓詣りだけに留《とど》めて帰ったそうでさ……」

「では、なぜ、現在《いま》になって女将さんの行方を捜そうとするんでやしょう」

正蔵が怪訝《けげん》そうに首を傾げる。

「それが、この秋、いよいよおっかさんの容態《ようだい》が悪化したそうでさ……。ろくにものを食べなくなったばかりか意識が朦朧《もうろう》として、医者が言うには、年が越せるかどうか判らないそうでさ……。それで、お近はなんとしてでもおっかさんの息があるうちにあたしに逢わせたいと……。口では、決して娘を捜さないでほしいと言っても、おそらく本心は、ひと目娘に逢って詫《わ》びを言いたいに違いない、差出《さしで》と思われても構わないので、どうか、おようさんの行方を教えてほしい、とそう和尚に頼んだそうでさ……。だが、和尚はあたしに了解を得ないで勝手に居場所を教えてはならないと判断されたそうでさ……。それで、今日、あたしが呼ばれたってわけなんだよ」

「それで、女将さんはどうなさるおつもりで？　もちろん、逢いに行かれるのですよね？」

正蔵がお葉を瞠める。

「…………」

お葉は言葉を失った。

久乃《ひさの》は父嘉次郎とお葉を捨てた、恨《うら》んでも恨みきれない憎《にっく》き女ご……。

久乃のためによし乃屋は身代限りとなり、嘉次郎は首縊りをしなければならなくなったのであるから……。

だが、それほど憎く思った久乃だが、甚三郎と心底尽《しんていず》くとなって、少しばかりお葉の気持が変わってきた。

久乃を恨んだところで、何もかもがもう昔のこと……。

恨み心からは何も生まれない。

それより、人を慕《した》うことのほうがどれだけ心を豊かにすることか……。

お葉は甚三郎の腕に抱かれ、女ごとしての幸せに浸《ひた》りながら、久乃を許してもよいと思った。

あっちがあのままよし乃屋の娘でいて、芸者喜久治にならなかったら、甚三郎には逢えなかった……。

嫌《いや》だ、そんなの……。

あっちは甚さんと添うために生まれてきたんだもの……。

そう思うと、よし乃屋を身代限りに追いやった久乃に、手を合わせたい気持になったほどである。

それゆえ、お富から久乃たちが陰陽師に騙《だま》され、京《きょう》の大原《おおはら》に身を寄せてからは女《ぜ》衒《げん》の手に身を委《ゆだ》ねたことや、その後どんなに悲惨な生活《たつき》を強《し》いられたか聞かされたときも、憐《あわ》れにこそ思え、以前のような憤怒《ふんぬ》は湧《わ》いてこなかった。

お富は久乃と一緒に陰陽師のあとを追って上方に逃げた女ごで、身を削《けず》るような思いをして深川に戻って来ると、石場《いしば》の切見世《きりみせ》銀仙楼《ぎんせんろう》の下働きをしていたのである。

十月《とつき》前、お葉は友七親分に連れられ、お富から久乃の消息を得ようと石場を訪ねた。

そのとき、お富はこう言ったのである。

「どこまで話したかね？　ああ、そうか、女ごたちが金を手に京まで男を追ったってところまでだったね。これが酷《ひど》い話でさ。桃源郷《とうげんきょう》なんて真《ま》っ赤《か》な嘘《うそ》！　金を巻き上げられたうえに、萱葺《かやぶ》きの百姓家に押し込められてさ……。入れ替わり立ち替わり、毎日のように女衒らしき男が現れて、女ごを物色しては一人ずつ連れ出すのさ。陰陽師と男の間で金が交《か》わされるのを見て、あたしたちは初めて身売りされるのだと気づいてさ……。ところが、厠《かわや》に行くにも監視の目が光っているもんだから、逃げようにも逃げられない……。あるとき、久乃さんが腰紐《こしひも》を鴨居《かもい》にかけて、首縊りをしようとしたことがあってさ。けど、見つかってしまい、久乃さん、こっぴどく折檻《せっかん》されてさ……」

顔を強張《こわば》らせるお葉を心配してか、お富はひと息入れたがさらに続けた。

「久乃さんね、身売りをするくらいなら、死んだほうがましだ、生き恥を晒しては江戸に残してきた娘に済まないって泣いてさ……。およように済まないことをした、こんなことになったのは、自分が母であることを忘れたからだと言ってさ。久乃さんね、肌身離さず花簪《はなかんざし》を持ち歩いていてね。珊瑚《さんご》をちりばめた桜の花簪……。何も言わなかったけど、ああ、きっと、娘のものなんだなって思ったよ。憶えていないかえ？あれ、おまえさんの簪だろう？」

お富はそう言ってお葉を瞠めた。

その刹那《せつな》、お葉の目にわっと涙が盛り上がった。

母らしきことを何ひとつしてくれなかった久乃……。

そのとき初めて、お葉は久乃の中に母を感じたように思ったのである。

お富は続けた。

「久乃さんのことで知っていることといえば、それだけなんだよ。というのも、翌日、久乃さんが女衒に連れて行かれちまったんでね。あたしが島原《しまばら》の場末に売られたのも、その翌日のことでさ……。以来、風の便りにも、久乃さんの消息は伝わってこなかった。けどさ、親分にも言ったんだが、あの女《ひと》、もうこの世にいないんじゃないかと思ってさ……。生き恥を晒すくらいなら死ぬほうがましだ、と言った久乃さんの言葉が耳に焼きついて離れないんだよ。あの女《ひと》の気性《きしょう》なら、流れに身を委ねることが出来なくても不思議はないからね……」

お葉にも、久乃はもうこの世にいないように思えてならなかった。

それなのに、まさか、久乃がお富と同じ運命を辿ったとは……。

現在《いま》では、お富は日々堂の仲間に加わり、お端女としておはまの下《もと》で働いている。

そして、久乃はかつてお側だったお近の許に……。

お葉が言葉に詰まったのを見て、おはまがお葉の顔を覗き込む。

「女将さん、行きますよね？　行くに決まってますよね。ねっ、女将さん！」

「…………」

お葉はますます狼狽《うろた》えた。

もちろん、行くに決まってるじゃないか……。

そのひと言が、なぜかしらすんなり出てこないのである。

決して、宿怨《しゅくえん》のためではない。

生き恥を晒したくない、と言った久乃……。

気位《きぐらい》の高い久乃だからこそ、お葉にだけは最後まで意地を徹《とお》したいと思うのではなかろうか……。

「まっ、女将さんにも複雑な想いがありなさるだろうし、今日のすぐに結論が出ねえのも当然だ……。おっ、そろそろ七ツか……。政女さんに上がってもらわなくちゃな！」

正蔵がおはまに目まじして立ち上がる。

その目は、お葉をそっとしておくように、と言っているようだった。

「嫌だ、あたしも夕餉の仕度を急がなくっちゃ！」

おはまもそそくさと厨に引き上げていく。

お葉は放心したように坐り込んでいた。


その夜の夕餉には、石鍋重兵衛《じゅうべえ》も加わることになった。

「戸田どのに誘われて厚かましくついて来ましたが、本当によろしかったので？」

重兵衛が気を兼ねたように大柄な身体を丸め、お葉を窺う。

「遠慮することはない。うちはいつでも大歓迎だからさ」

お葉は無理して頰に笑《え》みを貼《は》りつけた。

「けど、なんだか妙だな……。先生が来るときはいつも敬《けい》ちゃんが一緒だったのに、今宵《こよい》は先生一人なんだもの……」

清太郎が恨めしそうに言う。

「清坊、そんな無茶を言うもんじゃないよ！　敬吾さんは添島さまの診療所で修業していなさるんだからさ」

おはまが味噌汁を装《よそ》いながら言う。

「解ってるよ！　解ってるけど、おいら、つまんねえ……。だって、これまでは敬ちゃんが明成塾に通い、おいらが石鍋先生の手習指南所と違っていても、遊ぼうと思ったら遊べたんだ。それなのに、現在《いま》は顔を見ることも出来ねえんだもの、やっぱ、つまんねえ……」

清太郎が不服そうに、ぷっと頰を膨《ふく》らませる。

「だったら清太郎、病人になるんだな。そうしたら、心置きなく敬吾に逢えるからよ！」

龍之介がちょっくら返すと、おはまがきっと龍之介に鋭い目をくれる。

「戸田さま、縁起でもないことを言わないで下さいよ！　病人になるなんて、鶴亀鶴《つるかめ》亀……。それにね、清坊。清坊が敬吾さんに逢えないのを寂《さみ》しがる気持は解るけど、石鍋さまはもっと寂しいんだよ。これまでは父子《おやこ》二人で食事を摂っていたのに、現在《いま》では一人っきりなんだからね……。一人で食事を摂るのがどんなに寂しいものか、清坊に解るかえ？」

おはまに言われ、清太郎が慌てて首を振る。

「おいら、嫌だ！　一人っきりなんて、絶対に嫌だ！」

「まっ、こうして大勢で食事をするのに慣れている清坊には、絶対に無理だろうな」

正蔵が笑いながら言う。

「石鍋さま、いつでもお越し下さいね。うちは大所帯なんで、一人や二人増えたところでいっこうに構わないんですからね。ささっ、お上がって下さいな」

おはまに勧《すす》められ、重兵衛が箸《はし》を取る。

「では、遠慮なく……。だが、これはまた、大した馳走《ちそう》ではありませんか！　風呂吹《ふろふ》き大根《だいこん》に鰈《かれい》の煮付《につけ》、そして、これは……」

重兵衛が小鉢《こばち》を指差す。

「ああ、それは小松菜《こまつな》の胡桃和《くるみあ》えですよ。胡桃は老化を防ぎ滋養があると聞いたもんで、早速、作ってみたんですよ」

おはまがそう言い、なんせ、あたしも亭主もそろそろ老いを気にしなくちゃならない歳になりましたんでね……、と片目を瞑《つぶ》ってみせる。

「老いを気にするのはそれがしも同じで、此《こ》の中《じゆう》、すっかり焼廻っちまいましてね……。それでも、日中は子供たちが手習に来てくれるのでよいのだが、夜分など話す相手がいなくて、気づくと、独り言《ひとりごと》を呟《つぶや》いていたり……。敬吾は子供にしては寡黙《かもく》なほうだったのだが、いるのといないのとではこうまで違うのかと思って……。そういえば、この鰈の煮付……、あいつの好物でしてね。滅多《めった》に白身魚を食わせてやることが出来ませんでしたが、たまに清水《きよみず》の舞台から飛び下りるつもりで奮発してやると、それは嬉《うれ》しそうに、それこそ猫が跨《また》いで通るくらいに見事に身を平《たい》らげましてね。ああ、あいつにも食わせてやりたい……」

重兵衛がしんみりとした口調で言う。

「嫌ですよ、石鍋さまったら……。大丈夫ですよ。今頃、敬吾さんは添島さまのところで美味《おい》しいものを食べていますよ！」

おはまがしんみりとした空気を払うように言うと、清太郎が槍《やり》を入れる。

「おいら、知ってる！　敬ちゃんみたいなのを猫跨ぎって言うんだよね？　けど、おいらはシマに残しておいてやらなきゃなんねえから、猫跨ぎはしねえんだ……。そうだ！　先生、猫を飼えばいいんだよ。そしたら、猫に話しかけることが出来るから、もう独り言を言わなくて済むよ。ねっ、そうしなよ！」

「まっ、清坊ったら！」

「そうでェ、言うに事欠いて、猫と喋《しゃべ》れとは……」

おはまと正蔵が呆《あき》れ返ったように言う。

龍之介はおやっとお葉の顔を見た。

お葉がいっこうに皆の会話に乗ってこようとしないのである。

常なら座の中心となって食事の場を盛り上げるお葉が、今宵は清太郎に注意を促《うなが》すこともしなければ、どこかしら、皆の会話を聞いていないようにさえ見えるのである。

しかも、そんなお葉の様子に気づかないはずがないのに、正蔵もおはまも見て見ぬ振りを徹しているとは……。

「女将さん、どうかしましたか？」

龍之介が気遣わしそうに言うと、お葉はハッと我に返り、慌てて小松菜の胡桃和えを口に運んだ。

「老化を防ぐんだって？　それは大いに食べなきゃね」

お葉が取ってつけたように笑みを見せる。

龍之介が訝しそうな顔をすると、おはまがそれ以上言うなとばかりに目まじし、戸田さま、お代わりはいかがですか？　と訊ねる。

「ああ、貰《もら》おうか……」

龍之介は空《から》になった茶椀《ちゃわん》をおはまに手渡すと、気を取り直し、正蔵に目を据えた。

「それはそうと、今日、望月さんが来たんだって？」

正蔵が慌てて箱膳《はこぜん》に箸を戻す。

「そうなんですよ。それが、すっかり見違《みちげ》ェてしまいやしてね。最初《はじめ》は誰だか判らなかったくれェで……。しかも、女ご連れとあってはなおさらで、いやァ、実に立派になられやした！」

「あいつ、現在《いま》では七福の帳付だからよ。で、なんて言ってた？」

「ええ、それはもう、戸田さまに感謝しておいででしたよ。帳付の仕事が自分に向いていたと言われ、現在《いま》では材木町の裏店を引き払い、七福に一部屋与えられているとか……」

「使用人部屋ではなく？」

「いや、使用人部屋には違いないんですが、他の使用人と同室ではなく、お一人だけの部屋だとか……」

「ほう、大したものではないか！　だが、女ご連れとは、またどうして？」

「へえ、それが、ご浪人の内儀《ないぎ》で、北里政女と言われやすが、なんでも望月さまの後、材木町の裏店に入《へえ》られたそうで……。今日お見えになったのは、政女さんに仕事を斡旋してほしいとのことでしてね」

正蔵は政女の亭主が病の床に臥し、針仕事だけでは薬料の捻出《ねんしゅつ》が厳しくなったことや、急な話で現在《いま》のところ斡旋する仕事がなく、それで日々堂の仕分け作業を助《す》けてもらうことにしたことなどを説明した。

「渡りに船とは、まさにこのこと！　政女さんにとっても日々堂にとっても大助かりってもんで……。何しろ、あの女《ひと》は一を聞いて十を知るほど才知に長けた女《ひと》で、そんじょそこらの雇人の三倍は仕事が熟《こな》せるんでやすからね……。友造もすっかり政女さんが気に入り、またとねえ拾いものだったと言ってやすからね」

正蔵が味噌気に言う。

「ほら、まただよ！　この男《ひと》ったら、政女さんのこととなったら鼻の下をでれりと伸ばしちまうんだからさ……」

おはまが憎体《にくてい》に言うと、おっと龍之介が正蔵を見る。

「おはまさんが肝精《きもせい》を焼く（嫉妬《しっと》する）ところをみると、政女という女ごはどうやら美印《びじるし》（美人）のようだのっ！」

おはまが慌てる。

「止して下さいな！　誰が肝精を焼きましょうかよ……。ええ、確かに、政女さんは見目《みめ》よい女《ひと》ですよ。けど、それは品のよい、楚々《そそ》とした美しさで、政女さんには男の気を惹《ひ》こうなんて気はさらさらないんだからさ……。いえね、あたしが言いたいのは、この男《ひと》がいかにも自分の手柄みたいな口ぶりをすることでしてね。手柄というのなら、政女さんを連れて来た望月さまの手柄じゃありませんか！」

「ああ、よいてや！　手柄は望月さまだ。なっ、こう言ャ、おめえは満足するんだろうが！」

正蔵がムッとしたように言い返し、茶の間にわっと笑いの渦《うず》が巻いた。

龍之介がちらとお葉を窺う。

どうしたことか、お葉は相も変わらず塞《ふさ》ぎ顔をしているではないか……。

龍之介と重兵衛がそれぞれに家路につくと、お葉はおはまを呼び、

「ちょいと出掛けて来るんで、悪いけど、清太郎の傍にいてやってくれないかえ？」

と耳許《みみもと》に囁《ささや》いた。

「ええ、それは構いませんが、この夜更《よふ》けに、いったいどこへ……」

おはまが怪訝な顔をする。

「ちょいと、友七親分のところに……」

あっと、おはまが目から鱗《うろこ》が落ちたような顔をする。

友七はお葉の子供の頃のことはもちろんのこと、よし乃屋が身代限りとなった経緯《いきさつ》まで知っていて、しかもお葉の父親《てておや》嘉次郎が首縊りした後、十歳のお葉を喜之屋《きのや》（芸者置屋）に預けたのも友七であった。

「あっ、おっかさんをどうしたものか友七親分に相談なさるんですね？　ええ、それがよいでしょう……。解りました。清坊はあたしが見ていますんで、女将さん、心置きなく親分と話してきて下さいな」

おはまがポンと胸を叩く。

「済まないね」

お葉はそう言うと、水口《みずぐち》から裏庭へと出て行った。

風呂場から男衆の燥《はしや》ぎ声が聞こえてくる。

日々堂では、男衆と女衆《おなごし》が一日交替で風呂に入ることになっていた。

各々《おのおの》を湯屋に行かせるよりこのほうが手っ取り早く、湯屋代も浮くというものだが、何しろ日々堂は四十名近くの大所帯とあって、風呂焚《た》き番の朝次《あさじ》は夕刻から席の暖まる暇がないほどの大忙し……。

風呂掃除や水汲《く》み、薪割《まきわ》りは陽《ひ》が高いうちに済ませておくのだが、風呂の中から温《ぬる》いの熱いのと声がかかる度《たび》に、井戸端と風呂を往復してみたり、焚き口に薪をくべたりと、目が廻るほどの忙しさなのである。

とはいえ、腕力だけは誰にも劣ることがなく、多少知恵が廻らない朝次にはこの仕事は打ってつけだったとみえ、朝次は繰言ひとつ募ることなく、活《い》き活きと目を輝かせて風呂焚き番に勤しんでいるのだった。

そうして、もう一人……。

お富が朝次の後見役として、時折、焚き口にやって来る。

お富は勝手方の仕事を助《す》けたり、朝次に風呂焚きの指導をしたりと、日々堂に移ってからというもの水を得た魚のようで、心なしか五歳は若返ったように思える。

「ああァ、駄目《だめ》、駄目！　薪をそんなふうに足《た》したんじゃや、火が消えちまうじゃないか……。薪と薪の間に隙間《すきま》を作って……。そう、それでいい！」

焚き口のほうからお富の甲張った声が飛んでくる。

どうやら、お富が朝次に注文をつけているようである。

お葉は裏庭の中ほどで脚を止め、お富に久乃が生きていたことを話すべきかどうか、一瞬、迷った。

が、すぐにその想いを振り払った。

現在《いま》は、まだ話すのは止そう……。

話すとすれば、それは、自分が久乃のことをどうすべきか、はっきりと腹を決めてからのこと……。

お葉は枝折戸《しおりど》を潜《くぐ》ると、表へと出て行った。

堀割《ほりわり》を渡ると蛤町となり、ここに友七、お文の古手屋《ふるてや》があり、日々堂が男衆のために借りてやり、現在《いま》は龍之介が寄寓《きぐう》する仕舞《しも》た屋もある。

刻《とき》は五ツ半（午後九時）近くになるのであろうか、師走の夜風が肌を突き刺すように襲ってくる。

古手屋はすでに雨戸を閉ざしていた。

お葉は潜り戸から中に顔を突き出すと、訪《おとな》いを入れた。

「夜分、済まないね！　親分、親分はいるかえ？」

するとかたかたと下駄音《げたおと》がして、見世の奥の厨からお美濃が現れた。

「まあ、日々堂の女将さんじゃないですか！　今時分、どうして……。えっ、何かあったんですか？」

お美濃が訝しそうな顔をする。

「いえ、違うんだよ。ちょいと、親分に相談したいことがあってさ……。夜分、済まないと思ったんだが、なぜかしら朝まで待てなくてさ」

すると、お葉の声が聞こえたとみえ、見世の奥からお文と友七が出てきた。

「お葉さん、こんなに遅くに、いったいどうしたっていうのさ……」

お文が驚いたように傍に寄って来る。

「お葉か……。どうしてェ、俺に相談だって？　まっ、上がんな！」

「いえ、悪いんだけど、ちょいと外に出られないかえ？」

「外に？　なるほど、ここでは話しづれェってことなんだな……。ああ、解った。お文、ちょいと出掛けて来るから、おめえらは俺の帰《けえ》りを待たずに先に寝てくんな！」

「けど、こんな時刻に、いったいどこに行こうってのさ。それに、戸締まりは……」

「何言ってやがる！　ここが岡っ引きの家ということくれェ、深川の住人なら誰でも知っている……。ここに入《へえ》ろうという不届き者がいるとしたら、それこそ、この目で拝《おが》んでみてェほどだぜ！」

　友七に鳴り立てられ、それもそうだ！　とお文が首を竦《すく》める。

「そりゃそうと、お葉さん、この前は悪かったね。伊予屋の若旦那があんなことになっているとは知らなかったもんだから、余計なことをしちまって……。うちの男に叱《ひと》られたのなんのって……。けど、聞いたよ！　おちょうちゃん、よかったじゃないか……。これぞ、瓢簞《ひょうたん》から駒《こま》ってもんだ！　何より、日々堂にとって万万歳《ばんばんざい》だ」

「いいから、そんな話は後でしな！　じゃ、行って来るぜ」

　友七がお文を制し、お葉を促す。

　二人は古手屋の外に出た。

「それで、いってえどこに行こうってのよ……」

「千草《ちぐさ》の花《はな》はどうだろうかと思ってさ……。親分、お腹《なか》は？」

「晩飯か？　もう食った」

「だろう？　あたしもそうなんだよ……。けど、千草の花なら、事情を説明すれば何かお腹に溜まらないものを作ってくれるのじゃないかと思ってさ……。それにね、実は、親分と文哉さんに聞いてもらいたいことがあるんだよ……」

「俺と文哉に？　おう、そういうことか。解ったぜ……」

どうやら勘《かん》のよい友七は、文哉という名にお葉の話したいことをうすうす察したようである。

二人は八幡橋を渡り、さらに福島橋《ふくしまばし》を渡って行った。

そうして熊井町まで出ると、大川へと脚を向ける。

千草の花の軒行灯《のきあんどん》には、まだ灯《ひ》が入っていた。

「いらっしゃいませ！　あら、驚いた……。親分、それに日々堂の女将さんがご一緒とは……」

小女のおはんが面食らったような顔をして、傍に寄って来る。

「そんなにこの二人の組み合わせが珍しいか？　おっ、ちょうどよい。空《す》いてるじゃねえか……」

「たった今、潮《しお》が引くように客が帰って行ったばかりで……」

「女将は？」

「いらっしゃいます。今、呼んで来ますんで……」

おはんが奥に引っ込むと同時に、みすずが板場から出て来た。

これから店衆の夜食なのか、みすずが手にした盆の上には丼鉢《どんぶりばち》が幾《いく》つも並べられている。

「女将さん、おいでなさいませ！」

みすずはもうすっかり文哉の義娘《むすめ》が板についたようで、愛想《あいそ》のよい笑みを寄越した。

「これから店衆の夜食かえ？　これは悪いところに来ちまったようだね」

お葉がそう言うと、計《はか》ったように文哉が奥から出て来た。

「まっ、二人がお揃《そろ》いとは、なんて珍しいんだろ！　ささっ、どうぞ、小上《こあ》がりに上がって下さいな」

「だが、これから店衆の夜食なんだろう？　いえね、実は、あたしたちはもう夕餉を済ませて来たんだけど、ちょいと文哉さんと親分に聞いてもらいたいことがあってね……」

お葉が困じ果てた顔をすると、察しのよい文哉が頷く。

「あんまし他人《ひと》に聞かせたくない話ってわけなんだね？　あい解った！　じゃ、奥の茶の間を使うことにしよう……。あそこなら、店衆の耳に入ることもないから、克二《かつじ》に軽いものを作らせて、そこで一杯といこうじゃないか」

文哉はそう言うと、板場に入って行った。

しばらくして、板頭《いたがしら》の克二が板場から出て来て、女将さんから聞きやした、お委せ下せえ、と頭を下げる。

「さっ、奥にどうぞ！　みすず、銚子《ちょうし》を三本ほど燗《つ》けておくれでないか」

文哉はそう言うと、お葉と友七を奥の茶の間へと案内した。

千草の花の母屋《おもや》に脚を踏み入れるのは初めてのことで、お葉は物珍しそうに辺りを見廻した。

板場の奥が母屋となっていて、茶の間は八畳ほどのゆったりとした造りで、雪見《ゆきみ》障子《しょうじ》の外は小さな箱庭となっているようである。

「なかなかよい部屋じゃないかえ！　確か、二階もあるんだよね？」

お葉がそう言うと、文哉は驚いたといった顔で目を瞬いた。

「あら嫌だ……。初めてだったかえ？　そうなんだよ。二階がみすずの部屋なんだがね……」

「みすずちゃん、すっかり義娘《むすめ》らしくなったじゃないか……。どこから見ても、本当の母娘《おやこ》にしか見えないよ」

「そりゃそうさ！　みすずがあたしの義娘《むすめ》となってもう十月《とつき》……。それに、年が明けたら十七歳だからさ！」

と、そこに、みすずが銚子と肴《さかな》を運んで来た。

「失礼します。板頭が皆さんが夕餉を済ませたと聞いて、味噌漬豆腐《どうふ》のさっと焼きと烏賊納豆《いかなっとう》を仕度したそうですが、これで足りないようなら新たに作るんで、遠慮なく言ってくれとのことです……」

「いや、あたしたちはこれで充分だ。けど、文哉さんは夜食がまだなんだろうから、お腹が空いてるんじゃないかえ？」

お葉がそう言うと、文哉が、じゃ、あたしの夜食をここに運んでおくれ、ああ、それから、皆の夜食が終わったら山留《やまどめ》（店終《じま》い）にしていいからね、とみすずに指示する。

「さてもさても、三人が顔を合わせるのは久々だ……。さっ、まずは一献《いっこん》といこうじゃないか！」

文哉が友七とお葉に酌《しゃく》をする。

と、そこに、みすずが再び戻って来た。

「おっかさん、夜食の鮪丼《まぐろどん》、ここに置いておきますね」

「ああ、ご苦労だったね。こちらはもういいから、さっ、早くおまえも夜食をお上がり」

「はい。では、皆さん、ごゆるりとどうぞ……」

みすずが去って行く。

「おやまっ、みすずちゃんたら、おっかさんという呼び方にすっかり慣れちまって……」

お葉が感心したように言う。

「母娘《おやこ》になったんだもの、当たり前《めえ》じゃねえか！　おっ、それより、おめえんところの夜食は豪華版だのっ……。鮪丼は鮪丼でも、なんと、この鮪の量の多いこと！」

友七が目を丸くする。

「親分もどうだえ？　よかったら食べてもいいよ」

「てんごうを！　俺《おり》ャ、三杯《べえ》も飯を食い、腹中満々《ふくちゅうまんまん》でェ……。それこそ、この味噌漬豆腐のさっと焼きも腹に入《へえ》るかどうか……」

友七はそう言いながらも豆腐を口に運び、おっ、こいつァ美味《うめ》ェや！　と相好《そうごう》を崩《くず》した。

「実はさ、おっかさんが深川に戻って来てるというんだよ……」

お葉が盃《さかずき》の酒を飲み干し、友七と文哉に目を据える。

友七は口に運びかけた箸をぎくりと止め、梟《ふくろう》のように目をまん丸くした。

「おっかさんとは、まさか、おめえのおっかさん、久乃のことじゃあるめえな？」

「その、まさかなんだよ」

「えっ、久乃さん、生きていたのかえ！」

文哉も驚いたように目を瞠《みは》る。

「そうなんだよ。お富さんから京でのことを聞いて、あの女《ひと》のことだから、てっきりもうこの世にはいないのだろうと思ってたんだけど、実は今日、要律寺の住持に呼ばれてね……」

お葉は二人に玄妙和尚から聞いたことを話して聞かせた。

「はて……、よし乃屋にお近なんてお端女がいたっけ？」

友七が首を傾げる。

「親分が憶えていないだけで、それがいたんだよ……。あたしは現在《いま》でもよく憶えているけど、いつもおっかさんの傍にべたりと侍《はべ》っていてさ……。自分だけがおっかさんの実家《さと》からついて来た女ごと思ってか、他のお端女たちに威張りちらしてさ……。

高慢で、感じが悪いったらありゃしない！　あたしは子供心にも、そのお端女が嫌いでさァ。お近を見ていると、おっかさんの顔がちらつくようで、思わず虫酸《むしず》が走ったもんだよ……」

当時を思い出すかのように、お葉が顔を顰《しか》めてみせる。

「お葉さんて、本当におっかさんのことが嫌いなんだね……。そういえば思い出すよ。おまえが七、八歳の頃だったかね。あたしが御船蔵前町に呼びつけられ、すぐさま亭主と切れてくれ、おまえが深川から出て行かないというのなら、今この場で娘の喉《のど》を掻《か》き切り、自分もあとを追う、と久乃さんから迫られたときのおまえの顔……。包丁《ほうちょう》を喉に突きつけられて怯《おび》えた表情の中にも、憎しみの色がありありと出ていてね。あたしは、てっきりおまえがあたしのことを憎んでいるのだと思った……。だって、そうだろう？　あたしはおとっつァんの心を奪った女ごだもの……。七、八歳にもなれば、この女ごがおっかさんを苦しめているのだということくらい解ったはず……。それで、あたしは自分の存在が頑是《がんぜ》ないこの娘《こ》の運命を狂わせようとしているのだと思い、おまえからおとっつァんを奪っちゃいけないと深川を去ることにしたんだけど、よし乃屋を辞そうとして、おやっと思ったんだよ。久乃さんの手から逃《のが》れたおまえがおとっつァんの胸に縋《すが》りつき、憎しみに満ちた目で母親を睨《にら》みつけているじゃないか……。それで、そのとき初めて解ってね、ああ、この娘《こ》が憎しみに満ちた目を向けたのはあたしじゃなかったんだ、母親に業《ごう》を煮《に》やしていたんだということが……。けど、どっちにしたって、大人の諍《いさか》いに子供を巻き込んじゃいけないと思ってさ……。それで、あたしが身を退《ひ》くのが一番だと思い、おとっつァんに未練たらたらながらも、泣きの涙を呑《の》んだってわけでさ……」

お葉も頷く。

「あたしはそのときのことを憶えていないんだけど、あたしが子供心にもおっかさんを恨んでいたというのは本当のことでさ……。おっかさんには一度として母親らしき情愛をかけてもらったことがないんだよ。あたしの母は乳母《うば》でさ……。あたしはおとっつァんが好きで好きで堪《たま》らなかった……。それなのに、あの女ごはおとっつァんのことを使用人でも見るような目で見て、亭主として敬《うやま》うことを一切《いっさい》しなかった！　口を開けば、誰のお陰で太物屋《ふとものや》の主人《あるじ》になれたと思ってる、何もかも、あたしの実家《さと》の柏屋のお陰じゃないかって……。しかも、おとっつァんや使用人には爪長《つめなが》（吝嗇《けち》）なことを言うくせして、自分は芝居見物だの茶会だのと遊び歩いて、挙句《あげく》、上方から来た少しばかり様子のよい陰陽師に入れ揚げたんだからね！　子供心にも、あの女ごを憎いと思って当然だろ？」

「ああ、まったくだ……。久乃が見世の有り金すべてを持ち出し上方に逃げたとき、俺ャ、おめえのおとっつァんの嘆《なげ》きようを見ていられなかったからよ。女房に逃げられたから悲嘆に暮れたわけじゃねえ……。支払いの金まで持ち出されたのでは、見世の信用に関わるからよ。それで当座を凌ごうと高利の金に手をつける羽目《はめ》になり、このままではときを経ずして屋台骨が傾いちまうと、そう、おとっつァんは思ったんだろうて……。それで、店衆にわずかでも餞別《せんべつ》を渡してやれればと思い、在庫の品や家財道具一切を金に換え、自ら首縊りして果てたんだからよ……。あのときのお葉……。俺ャ、今でも忘れられねえ……。乳母の家に遊びに行っていて訃報を聞いたお葉がすぐさま御船蔵前に引き戻すや、父親《てておや》の屍《しかばね》に縋りつき、おとっつァんをこんな目に遭《あ》わせたおっかさんを絶対に許さない、恨んで恨んで、恨み殺してやる！　と泣き叫んでよ……。俺ャよ、久乃は嘉次郎を殺したばかりか、可哀相《かえいそう》に、十歳のこの娘《こ》の心まで殺しちまったんだなと思ってよ……。けど、お葉、それからのおめえは偉かったぜ！　並の娘なら打ち拉《ひし》がれて、これからどう生きていけばよいのか右往左往《うおうさおう》するところを、おめえは幸い自分には幼い頃から身につけた三味線《しやみ》や舞《まい》の芸がある、親分、今後は芸の道に生きるんで、どこかよい置屋を紹介した下さいと俺の前で頭を下げたんだもんな……」

友七が、当時を思い出すかのように目を細めた。

「そうだったよね……。確かに、あの頃のあたしはおっかさんへの恨みをバネにして、気丈に生きていこうとしていた。けどね、甚三郎に出逢ってからというもの、恨み心が薄れてきてね……。だって、あのままあたしがよし乃屋の娘でいたら、住む世界の違う甚三郎には決して出逢うことはなかったんだもんね。あたしは甚三郎に女ごとしての幸せばかりか、生きていくことの意義を教えられたように思えてね……。そして何より、他人《ひと》と関わり合い、支え合っていくことの愉《たの》しさを知ったように思うんだよ。それは、大店の娘でいたり、お座敷に出ていたのでは決して味わえないもの……。その意味で、甚三郎に感謝すると同時に、おっかさんのことも、もう許してもいいかなと思うようになってね……」

お葉はそう言うと、友七と文哉に目を据えた。

「正《まさ》な話、あたしはおっかさんはもう生きちゃいないだろうと思ってた……。けど、こうして深川に戻って来ていると聞いたからには、やはり、娘として放っておけない……。だが、ここからが問題でね。二人の意見を聞きたいんだが、あの女《ひと》がお近に娘にだけは知らせるなと言ったということからみて、あたしが逢いに行くことはあの女《ひと》の気持を踏み躙《にじ》ることになるのでは……、と案じられてね。ねっ、どう思うかえ？」

「確かに、そうよのっ……。これが並の女ごなら、口では意地張っていても本心は逢いたくて堪らねえのではと思うんだが、相手があの久乃ではよ……」

「気位の高い女ごだからね……。かつての使用人にはありのままの姿が晒せても、娘にだけはと思う気持も解らなくないからさ」

友七と文哉が顔を見合わせる。

「だろう？　いえね、仮に、あたしがおっかさんの立場にいたらと考えてみたんだよ……。そしたら、やっぱ、あたしにもおっかさんと同じ血が流れているんだろうね。捨てた娘に今さら零落れた姿を見せたくないと思えてきてね……。他人《ひと》に見せるのは仕方がないと諦めたとしても、娘だけには絶対に見せたくない！　それほどの屈辱はないのじゃなかろうかって……」

お葉が辛そうに眉根を寄せる。

「けどさ、ふっと娘の気持に戻ってみると、どんな親でも親は親……。おまえは衰弱して余命幾ばくもない母親を見て見ぬ振りが出来るのか、と責め苛《さいな》まれてね……」

すると、友七がつとお葉に目を据えた。

「よし解った！　お葉、おっかさんに逢いに行け。久乃が嫌がろうが屈辱に思おうが、そんなの構うこたァねえ……。この期《ご》に及んで、久乃の気持まで思い遣ってやることはねえんだ！　肝心《かんじん》なのは、おめえの気持でよ。今、おめえが久乃の容態《ようでえ》が思わしくねえと知っていて頰っ被《かぶ》りしてみな？　生涯《しょうげえ》、おめえの心の中に悔《く》いとして残るんだからよ……。おめえはまだ生きなきゃならねえんだ！　日々堂のためにも清太郎のためにも、何より、おめえ自身のためにもな……。だったら、死にかけた久乃の気持より、おめえの気持を大事《でえじ》にするんだ！　なっ、文哉もそう思わねえか？」

友七に瞠められ、文哉が慌てて相槌《あいづち》を打つ。

「ああ、親分の言うとおりだ！　お葉さん、行っといで！　行って、ひと言、おっかさんの前で許すと言ってやんな。酷《むご》い仕打ちをした娘から赦免《しゃめん》されたんだもの、久乃さんも大手を振って三途《さんず》の川を渡れるだろうからさ……」

「なんと、文哉、三途の川とは上手《うめ》ェこと言うじゃねえか！」

友七が感心したように言う。

お葉の胸でもやっていた霧が、どこかしら晴れたように思えた。

お葉が意を決したように顔を上げる。

「解ったよ。思いたったが吉日《きちじつ》だ。明日にでも両国に行って来るよ！」

翌朝、朝餉の席のことである。

味噌汁を装いながらおはまがお葉の耳許で囁いた。

「で、腹は決まりました？」

「ああ、中食を済ませたら行って来るよ」

「そうですか……。で、場所は判っているんでしょうね？」

「ああ、玄妙和尚から聞いてるんでね」

すると、清太郎が待っていましたとばかりに割って入ってくる。

「おっかさん、行くって、いってえどこに行くんだよ」

「どこでもいいだろ！　おまえには関係のないところだからさ」

「そんなの狡《ずる》いや！　夕べ《ゆん》だって、夕餉の後、どこかに出掛け、おはまにどこに行ったのか訊いても教えてくれねえんだもの……」

「えっ、夕べって……。じゃ、あれから、どこかに出掛けたのですか？」

龍之介が訝しそうな顔をする。

お葉は狼狽えた。

「いえね、ちょいと友七親分に話があったもんだから、千草の花に……」

「なんだ、じゃ、俺も誘ってくれればよかったのに……。ずいぶん永いこと、千草の花に顔を出していないからよ」

「いえ、夕べは込み入った話があって……。それに、夕餉を済ませた後だったので、軽く一杯引っかけただけのこと……。この次は戸田さまもお誘いするんで、勘弁しておくれ」

「込み入った話とは……。そういえば、夕餉の席で、女将さんが思い詰めた顔をしていたのが気になったのだが、何かあったのですか?」

「いいえ、大したことじゃないんですよ。それに、もう解決したんで案ずるには及ばない……。済まなかったね、心配をかけちまって……」

おはまが機転を利かせ、さっと割って入ってくる。

「そうそう! さっ、清坊、早く食べちまわないと、金《きん》ちゃんたちをまた待たせることになるよ」

おはまに言われ、やべェ! と清太郎が慌ててご飯を掻き込むと、傍に置いた手提《てさげ》袋《ぶくろ》を引っ摑み、廊下に駆け出して行く。

「行って来まァす！」

「ああ、気をつけて行っといで！」

お葉とおはまがやれやれといったふうに顔を見合わせる。

すると、正蔵が話題をお葉から逸《そ》らそうとしてか、

「戸田さまは、今日は代書《だいしょ》なさる日でしたね？」

と訊ねる。

「ああ、そうだが……。それが何か？」

「いえね、今日から政女さんが本格的に仕事に入《へえ》るんだが、昨日、あっしが戸田さまのことを話し、日替わりで代書の仕事をしてもらっていると言ったもんだから、何やら興味を持たれたようでやしてね。仕分け作業の手が空いたときに、自分にも代書を助《す》けさせてもらってもいいかと……」

「ほう、そんなことを……。俺は構わないが……」

「さいで……。じゃ、おっつけ顔を出すでしょうから、そのように伝えておきやしょう。政女さんが代書を助《す》けてくれれば、うちとしては大助かりだ……。現在《いま》は一日置きに戸田さまにお願《ねげ》ェしているが、これからは毎日代書を請けることが出来るんだからよ」

「また、おまえさんたら、鼻の下を伸ばして！」

おはまが槍を入れる。

「だから、そんなんじゃねえと言っただろうが！」

「もう、二人とも、朝っぱらからなんだえ！」

お葉は呆れ返ったような顔をして、食後の茶を淹れた。

そうして日々堂の仕事が始まると遽《あわただ》しく時が過ぎていき、お葉は中食を済ませると外出着に着替えた。

おはまが箱膳を片づけながら、お葉をちらと見る。

その目は、誰にも声をかけなくてよいので、すっと消えるように、と言っているようだった。

お近の見世、汀亭《なぎさてい》は両国橋の袂《たもと》の尾上町《おのえちよう》にあるという。

お葉は八幡橋の袂で客待ちをする四ツ手《よつで》（駕籠《かご》）に声をかけると、六尺《ろくしやく》（駕籠舁《か》き）に尾上町の汀亭を知っているかと訊ねた。

「知ってやす。あそこは茶飯《ちやめし》が美味《うめ》ェと評判で……」

先棒《さきぼう》が愛想のよい返事を寄越す。

六尺の間で噂《うわさ》になっているところをみると、どうやら繁盛《はんじよう》している見世のようである。

「へい、着きやしたぜ！」

六尺の声に簾《すだれ》を上げると、お葉の目に、黒板塀《くろいたべい》に囲まれた一見妾宅《しょうたく》ふうの佇《たたず》まいが飛び込んできた。

門の脇に、汀亭、と書かれた軒行灯と甕覗《かめのぞ》き色の絽《ろ》の暖簾《のれん》がかかっていなかったら、仕舞た屋と思っても不思議はない。

お葉は六尺に駕籠代の他に酒手《さかて》を弾《はず》んでやると、門の中へと入って行った。

見世は中食時が終わったばかりのところのようで、二名ほどいる小上がりの客を後目《しりめ》に、小女が片づけに追われていた。

「いらっしゃいませ！」

小女の一人がお葉に気づき、声をかけてくる。

「ごめんよ。客じゃないんだ……。女将さんはいるかえ？」

お葉がそう言うと、小女が訝しそうな顔をして寄って来る。

「どちらさまでしょうか？」

「深川黒江町《くろえちょう》で便り屋日々堂を営む、女将のお葉、いえ、久乃の娘だと伝えておくんなさいまし……」

久乃という言葉に、小女が色を失った。

「解りました。少々お待ち下さいませ」

小女が慌てて奥に引っ込んでいく。

お葉はしばらく店先に佇んでいた。

小上がり席が十席ほど並び、土間には四人掛けの飯台《はんだい》が八つ……。

どうやら茶飯だけでなく会席も出すようで、なかなか洒落《しやれ》た見世である。

しばらくして先ほどの小女が戻って来ると、女将が母屋でお待ちしていますんで、どうぞこちらへ、と板場脇の通路の先にある母屋へと案内した。

お近は母屋の上がり框《かまち》でお葉を迎えた。

十七年ぶりに見るお近は、ずいぶんと面差《おもざ》しが変わっていた。

権高に見えた顔から険が取れ、小料理屋の女将らしく婀娜《あだ》っぽさを漂《ただよ》わせていて、当時から見ればまるで別人である。

しかも、身に着けているものの小粋《こいき》なこと……。

これでは、表で通りすがっただけではお近と気づかないだろう。

「まあ、おようちゃん……。あっ、これは失礼を……。現在《いま》は便り屋日々堂の女《おん》主人《な あるじ》なんですってね？　けどまあ、立派になられて……。この姿を久乃さんが見たら、どんなに悦《よろこ》ばれたことか……。さあさ、どうぞお上がり下さいな」

お近は奥歯にものが挟まったような言い方をした。

お葉は玄関先で長羽織を脱ぐと、お近に言われるまま式台《しきだい》を跨いだ。

お葉が案内されたところは、どうやら応接間のようだった。

螺鈿《らでん》細工の円卓が置かれ、黒漆《くろうるし》塗《ぬ》りの違い棚《だな》に水墨画の掛軸《かけじく》、銅製の香炉……。

あまり趣味がよいとは言えないが、なにもかもが金目《かねめ》の物で、よほど内証《ないしょ》がよいとみえる。

茶と菓子を運んで来たお端女が下がると、お近が口を開いた。

「要律寺の和尚に聞いて来たんだね。いえね、久乃さんからおまえさんを捜すなと言われていたから、ずいぶんと迷ったんだよ……。そりゃね、久乃さんの身にもなれば、幼い娘を捨てて逃げ、おまけに、自分のせいでよし乃屋が身代限りとなり旦那があんな死に方をしちまったんだから、今さら合わせる顔がないと思っても仕方がないが、そうは言っても今生《こんじょう》の別れにひと目娘に逢いたいのじゃなかろうかと思ってさ……。それで、久乃さんに責められたって構わないと腹を括り、要律寺の和尚におまえさんの行方を知らないかと訊ねてみたんだよ……。けど、和尚は教えていいかどうか本人に確かめるまではと渋《しぶ》ってね……。まっ、それはそうだろうね。何しろ、久乃さんは旦那やおまえさんに酷いことをしてしまったんだから……。それで、久乃さんが生きて深川に戻って来ているということだけでもおまえさんに伝われば、それでいいと思い直してさ……。久乃さんに逢うか逢わないかは、おまえさんが決めること……。けど、よく来てくれたね、と言いたいところだが、ひと足遅かったよ……。久乃さんね、二日前に息を引き取ったんだよ……」

えっと、お葉は息を呑んだ。

二日前といえば、玄妙和尚から話を聞いたときには、久乃はもう死んでいたということ……。

「だって、あたしが和尚からおっかさんのことを聞いたのは、昨日のこと……」

お葉が戸惑ったようにそう言うと、お近は頬に皮肉な嗤いを湛《たた》えた。

「あたしが要律寺の和尚に逢いに行ったのは五日前のことでね……。それなのに、和尚が昨日になっておまえさんに伝えたってことは、おそらく、和尚はおまえさんに伝えるべきかどうか迷いに迷ったってことなんだろうさ……。いえね、あたしが五日前に和尚を訪ねたときには、久乃さんはまだ今日の明日のって状態ではなかったんだよ。それが、三日前に突然危篤《きとく》状態に陥《おちい》り、翌日息を引き取った……。今思うと、あたしが要律寺の和尚におまえさんの行方を訊ねたところ、和尚はすぐには教えてくれなかったが、相手の腹を確かめてからでないとって答えたから、和尚はおようさんの居場所を知っているってこと……、よかったじゃないか、これでやっと娘に逢えるんだよって、久乃さんの耳許に囁いたのが悪かったのかもしれない……。それが原因《もと》で久乃さんが死を早めたのだとしたら……。そう思うと、悔やんでも悔やみきれなくてさ……」

お近が深々と肩息を吐く。

ああ……、とお葉は目を閉じた。

いかにも久乃らしいではないか……。

おっかさんは、また逃げたんだ……。

合わせる顔がないからというよりも、逢えば済まなかったのひと言でも言わなければならず、それは、久乃にとって死ぬより辛いことだったのではなかろうか。

「それほど、あたしはおっかさんに疎《うと》まれていたってこと……。元々、縁の薄い母娘《おやこ》なんだろうね」

お葉がぽつりと呟くと、お近が首を振った。

「そうじゃないんだよ！　いえね、あたしも最初《はじめ》はそう思っていた……。けど、今際《いまわ》の際《きわ》に、あの女《ひと》、枕の下からこれを取り出してね……」

お近はそう言うと、袂の中から花簪を取り出した。

「見覚えがあるだろう？」

お近が花簪をお葉に手渡す。

珊瑚をちりばめた桜の花簪……。

見覚えがなかろうはずがない。

先《さい》つ頃《ごろ》、久乃が肌身離さずお葉の花簪を持ち歩いていたとお富から聞いたときにはまだピンとこなかったが、これは嘉次郎がお葉の帯解《おびとき》の際に贈ってくれた、紛《まぎ》れもないお葉の花簪……。

「久乃さんね、これをお葉に返してくれって、息も絶《た》え絶《だ》えにそう言ったんだよ……。あたし、そのとき、ああ、この女《ひと》はずっと娘に済まないことをしたと思い続けてきたんだと思ってね……。それからしばらくして久乃さんは息絶えたんだけど、最後の力を振り絞《しぼ》って、この簪をおまえさんに返してくれと言ったのだと思うと、あたし、泣けて、泣けて……。正な話、久乃さんがうちに転がり込んできて一年半……、ときには、なぜあたしが久乃さんの世話をしなくちゃならないのかと腹立たしく思ったこともあったよ。けど、久乃さん、御船蔵前を飛び出すときに、着物や櫛簪《くしかんざし》、小物といったものをほとんど残していってね……。しかも、自分の持ち物すべてをお近の采配《さいはい》に委せるって書き置きがあったもんだから、あたし、よし乃屋を飛び出す際にそれらを持ち出し、金に換えたんだよ……。十五のときからずっとあの女《ひと》に仕《つか》えてきて、謂わば、あたしはあの女《ひと》に振り回されてきたのも同然……。せめて、このくらいのことはしてもらってもいいのではと思ったあたしは、その金を元手《もとで》に小さな茶飯屋を開いてね……。それが滅法界《めっぽうかい》当たり、あれよあれよという間に現在《いま》の構えとなったってわけでさ。だから、あたしは久乃さんには義理があってさ……。一方、おまえさんは裸同然で路頭に迷うことになった……。だから、おまえさんのことを思えば、あたしがあの女《ひと》の最期《さいご》を看取《みと》るのは当然と思ってさ……。けど、久乃さん、この花簪を肌身離さず持ち歩いていたというじゃないか。きっと花簪を娘だと思って詫びを言い続けてきたんだよ……。それで、その想いをおまえさんに伝えたくて、今際の際にあたしにこれを託した……。あの女《ひと》、不器《ぶき》（不器用）で情の張った女《ひと》だから、そんな気持の表し方しか出来なかったんだよ……」

お葉の胸に熱いものが衝《つ》き上げてくる。

そうなのかもしれない……。

生き恥を晒すくらいなら死んだほうがましと言っていた久乃が、こうして身も心もすり減らしながらも深川に戻って来たのは、自分の想いを花簪に託し、娘に伝えたたかったからかもしれない。

カッと熱いものが鼻腔《びこう》に衝き上げたかと思うと、大粒の涙となってお葉の頰を伝った。

「それで、おっかさんは……」

お葉が紅絹《もみ》で両目を拭《ぬぐ》うと、お近を瞠める。

「まさか、投込寺《なげこみでら》ってわけにもいかなくてね……。それで、彌勒寺《みろくじ》に渡《わたり》をつけて埋葬してもらったのさ。というのも、彌勒寺は久乃さんの実家《さと》柏屋の檀那寺でさ……。事情を説明すると、柏屋の墓所《はかしょ》の隣《となり》に埋葬してくれることになってさ。とはいえ、現在《いま》は白木《しらき》の墓標しか建ってないけどね。おまえさんがいつか墓碑を建ててやろうというのであれば、そうしたらいいさ……」

「何から何まで、お世話になりました。改めて礼に参りますが、今日のところはこれで……」

お葉が袱紗《ふくさ》包《づつ》みを円卓の上に置く。

「なんだえ、これは……」

「これまでの掛かり（費用）と、野辺《のべ》送《おく》りや諸々《もろもろ》の……」

「てんごう言ってんじゃないよ！　さっきも言っただろう？　あたしは久乃さんのお

陰で見世が持てたと……。それに、掛かりなんていったって、しれたもんでさ。いいから、仕舞っておくれ！　そんなものを貰ったんじゃ、せっかく義理が返せたとよい気分になっているというのに、何もかもが台なしじゃないか！　あたしゃ、おまえさんがどんなにごり押ししようと、受け取らないからね」

お近にそこまで突っぱねられたのでは、おてちん（お手上げ）である。

「解りました。では、厚意に甘えさせてもらいますね。このご恩は決して忘れません。有難うございます」

お葉は袱紗包みを巾着袋《きんちゃくぶくろ》に戻すと、深々と頭を下げた。

子供の頃に受けた印象で、お近のことを快く思っていなかったが、お葉はそれが間違いだったことに気づき忸怩《じくじ》とした。

もしかすると、久乃に対する憎しみが、理由《わけ》もなくお近への嫌悪《けんお》に繫《つな》がったのかもしれない。

それとも、小料理屋の女将という立場がお近を変わらせたのであろうか……。

いずれにしても、お葉はお近に脚を向けて寝られないような想いに陥った。

汀亭を出たお葉は、竪川《たてかわ》に向けて歩いて行った。

二ツ目橋《ふたつめばし》を渡ると、その先が久乃の眠る彌勒寺である。

川べりを歩きながら、お葉は手にした花簪を瞠め、口の中で呟いた。

おっかさん、情《じょう》っ張《ぱ》りをしないで、なんで、あたしの前に姿を現してくれなかったんだえ……。

花簪に想いを託しただなんて、なんていけずな女ごなんだえ！

けど、それが、おっかさんなんだよね……。

お葉はそう呟くと、花簪を島田髷《しまだまげ》に挿《さ》してみた。

七歳の頃に戻ったかのような気がした。

チリチリチン……。

風に煽《あお》られ、花簪が軽《かろ》やかな音を立てる。

お葉には、久乃が囁いたように思えた。

そうさ、それが、あたし、久乃って女ごなんだからさ……。

花簪が再び音を立てる。

なんだえ、おっかさんたら！

お葉が悔しそうに呟くと、花簪が再びチリチリチン……。

お葉の目に涙が溢《あふ》れ、止め処《ど》なく頰を伝った。

行く手の何もかもが霞《かす》んで見え、再び花簪が揺れる。

お葉は堪らなくなって、簪をぐいと引き抜いた。

去年今年
<small>こぞことし</small>

戸田龍之介はおはまに湯豆腐《ゆどうふ》を掬《すく》ってもらうと、心配そうにちらとお葉の閨《ねや》に目をやった。

「今日で三日になるが、女将《おかみ》さんの容態《ようだい》はどうなんだい？」

おはまがつと眉根《まゆね》を寄せる。

「熱は大したことがないんだけど、身体《からだ》から芯《しん》が抜けちまったみたいで、厠《かわや》に行くのもやっとこさっとこって有様《ありさま》でさ……」

「しかも、ろくすっぽうものが喉《のど》を通らねえのじゃな……。精がつくようにとおはまが雑炊《ぞうすい》に卵を落としてみたり鼈《すっぽん》鍋《なべ》を作ってみても、ほんのひと口食べるだけで、あれじゃあな……」

正蔵も蕗味噌《ふきみそ》を嘗《な》めたような顔をする。

「それで、添島さまはなんて言われたのだい？」

龍之介がおはまを瞠《みっ》める。

「風邪《かぜ》を引いたんだろうが、大したことはないって……。だからさ、あたしが思うには、おっかさんの死がよほど応《こた》えたんだろうと……。いくら気丈な女将さんといっても、おっかさんが一年半も前に深川に戻って来ていたというのに、かつての使用人の家に身を寄せ、病《やまい》の床で娘にだけは知らせてくれるなと言ったと知ったのだから、そりゃ複雑な想《おも》いにも陥《おちい》ろうし、愕然《がくぜん》としちまいますよ」

おはまが太息《ふといき》を吐《つ》く。

「ああ、まったくでェ……。俺《おり》ャ、女将さんが両国を訪ねて行ったあの日、まるで魂《たましい》が抜け落ちたみてェに真《ま》っ青《さお》な顔をして戻って来たとき、肝《きも》っ玉が縮《ちぢ》み上がりそうな想いがしたからよ……」

正蔵が頷《うなず》くと、おはまが相槌《あいづち》を打つ。

「よほど永《なが》いこと寒空の下《もと》に佇《たたず》んでいたのか、身体が凍りついちまっててさ……。すぐさま、湯に浸《つ》かって身体を温めるようにと勧《すす》めたんだけど、女将さん、どうしてもうんと言わなくてさ……。それで、床を取って寝かしつけたんだけど、翌朝来てみると、案の定、発熱していてね。それっきり寝ついちまったんだからさ……」

「じゃ、まだ女将さんの口から何があったのか聞いていないということか……」

龍之介が再びちらとお葉の閨を窺《うかが》う。

「ええ、女将さんの口からはね。それで、友七親分が尾上町の汀亭に問い合わせて下さったんですよ。だから、あたしたちも女将さんのおっかさんが亡くなり、昔よし乃屋のお端女《はした》をしていたお近という女《おな》ごに、娘にだけは知らせてくれるな、と口が酸《す》っぱくなるほど言っていたということを知ったわけでさ……。女将さんの気持を思うと、あたしたちは胸が張り裂けるような想いになりましてね……。だって、女将さんはおっかさんが深川に戻って来ていることを知って、おとっつァんや自分に酷《ひど》い仕打ちをしたおっかさんだけど、逢《あ》いに行くべきかどうかずいぶんと迷われたんだよ……。それでもやはり、死の床に臥《ふ》しているおっかさんにひと目逢い、昔のことはもう許した、安心して成仏《じようぶつ》しておくれ、と言わなくちゃならないと出掛けたというのにさァ……。ところが、久乃って女《ひと》は最後の最後まで意地を張り徹《とお》したというじゃないか！　それが、どれだけ女将さんの心を疵《きず》つけたか……。あたしはその話を聞いて、絶対に久乃さんを許さないと思ったよ！　女将さんが許しても、このあたしが許さない……。だって、あたしたちの大切な女将さんをこんなにも痛めつけてしまったんだもの……」

おはまが悔しそうに言う。

「だがよ、疵ついたかもしれねえが、女将さんがおっかさんを訪ねて行ったのは正解だったのよ……。だってそうだろう？　おっかさんが深川に戻り病の床に臥しているると知っていて、頬《ほお》っ被《かぶ》りしてみなよ。女将さんがおっかさんを捨てたことになるんだぜ？　そんなことをしたんじゃ、生涯《しょうげえ》、悔《く》いが残るってもの……。それより、訪ねて行ったが間に合わなかったと思えば、女将さんはすることをしたことになり、言ってみれば、女将さんがまたしてもおっかさんに捨てられたということになる……。確かに、此度《こたび》のことで女将さんは疵ついた……。けどよ、捨てたと思うのと捨てられたと思うのでは、どっちの疵が深《ふけ》ェと思う？」

「そりゃ、病の母親を捨てたと悔いる気持のほうが、女将さんにはより堪《た》えられないだろうさ……。してみると、やっぱり、女将さんがおっかさんを訪ねて行ったのは間違いじゃなかったってこと……。いえね、あたし、行くべきかどうか迷っていた女将さんの尻を叩《たた》いちまっただろう？　それで、戻って来てからの女将さんのあの疾痛《しっつう》ぶりを見て、後悔しちまってね……。あたしが差出《さしで》したばかりに、女将さんをあんな目に遭《あ》わせちまったと……」

おはまが口惜《くちお》しそうに唇を噛《か》む。

「そんなことがあったとは……。だが、水臭《みずくさ》いじゃないか！　この間から、どうも女将さんの様子がおかしいと思っていたのだが、誰も俺には話してくれなかったのだからよ……」

龍之介が恨《うら》めしそうに正蔵とおはまを見る。

「申し訳ありやせんでした。女将さんがご自分の口から話されるのなら別だが、俺たちの口からは……」

「ごめんなさい。何しろ女将さんの実家《さと》の話だし、それに、女将さんが一番触れてもらいたくないことでしたんでね……」

二人が気を兼《か》ねたように言う。

「まあいいさ。俺にも皆の気持が解《わか》らなくもないからよ。それで、久乃さんの墓はどこに？　まさか、要律寺のおとっつァんの墓ってわけじゃ……」

龍之介がそう言うと、正蔵とおはまが、まさか……、と首を振る。

「そんなことが出来るはずがありませんよ！　第一、要律寺の住持《じゆうじ》がそんなことを許すはずがない……。いえね、久乃さんの実家《さと》の墓所《はかしよ》が彌勒寺にあるそうでしてね。お近という女ごが寺に掛け合い、柏屋の墓の隣《となり》に葬《ほうむ》ることが出来たそうでしてね……。ああ、そうそう！　実は、こんなことがありましてね。友七親分が汀亭を訪ねての帰り道、久乃さんの墓に詣《まい》ってやったそうなんですよ。親分はよし乃屋のことを何もかもご存じなので、久乃さんがしたことには業《ごう》が煮《に》えても、そこは知己《ちき》の仲……。亡くなったと聞けば、線香の一本でも手向《たむ》けてやろうかと思われたんでしょうよ。ところが、墓に詣ってみたところ、花立ての中に菊の花と一緒に花簪《はなかんざし》が挿《さ》してあったというんですよ。親分はお近って女ごから話を聞いていたものだから、すぐに女将さんの仕業《しわざ》だと判《わか》ったそうでしてね」

「女将さんが花簪を花立てに挿したとは、それはいったい……」

龍之介が訝《いぶか》しそうな顔をする。

「いえね、あたしたちも親分から聞いて驚いたんですけど、実は、花簪にはこんな因縁がありましてね……」

おはまが龍之介に花簪がお葉の手に戻った経緯《いきさつ》を話してやる。

「元々、花簪は女将さんが娘時代に使っていたものでしてね。珊瑚《さんご》をちりばめた桜の花簪で、よし乃屋が繁盛《はんじよう》していた頃におとっつァんが買ってくれたものというんだから、さぞや高価なものなんでしょうよ……。ところが、久乃さん、お富さんと一緒に陰陽師《おんみようじ》のあとを追って上方《かみがた》に逃げたときに持ち出したみたいでしてね。おそらく、花簪に娘の面影《おもかげ》を重ね、それで肌身離さず持ち歩いていたんだろうが、今際《いまわ》の際《きわ》に、これをおように返してくれ、と言って花簪をお近さんに託《ことづ》けたそうなんですよ……。

あたしが思うには、久乃さんにもほんの少し母親の気持が残っていたということ……。自分は決して娘のことを忘れていたわけではなく、こうして肌身離さず持ち歩いてたんだから、許しておくれ……、とそう女将さんに伝えたかったのじゃないかしら? けど、あたしが腑《ふ》に落ちなかったのは、なにゆえ、その花簪を女将さんが久乃さんの墓に供《そな》えたかってことでしてね……。親分にも合点《がてん》がいかなかったそうなんですよ」

「女将さんが花簪を久乃さんの墓に……。ああ、そうか、そういうことなのか!」

龍之介がポンと膝《ひざ》を叩く。

「えっ、解ったのかえ?」

おはまが目をまじくじさせる。

「花簪は久乃さんが家を出るときに娘だと思い持って出たもの……。とすれば、女将さんは、これからも花簪を自分だと思いあの世に持って行けと……。それに、その花簪はよし乃屋の旦那《だんな》が娘のために買ってやったのだろう? だったらなおさらだ! 父親《てておや》が娘のために買ってやった花簪を母親の墓に供えるってことは、そこで初めて、散り散りだった家族がひとつになれるってわけなんだからよ!」

龍之介がそう言うと、正蔵も目から鱗《うろこ》が落ちたような顔をする。

「戸田さまのおっしゃるとおり！　女将さんは、やっぱり家族がばらばらになったことが虚《むな》しくて堪《たま》らなかったんでやすよ」

　が、龍之介はつと顔を曇《くも》らせた。

「だが、高価な花簪を花立てに挿していたのでは、誰が持ち帰るか判らない……。しかも、現在《いま》は年の瀬だ。支払いに窮《きゅう》した輩《やから》が、これ幸いとばかりに金に換えてしまうかもしれないではないか……」

　すると、おはまがくくっと肩を揺《ゆ》すった。

「誰しも考えることは同じ……。いえね、親分もそう思ったものだから、彌勒寺の住持に事情を話し、日々堂の女将がなにゆえそんなことをしたのか判るまで預かっていてほしい、と頼んだそうでしてね」

　龍之介がほっと眉を開く。

「それで、親分は女将さんになにゆえそんなことをしたのか訊《たず》ねたのですか？」

「いえ、訊《き》こうにも、何しろ女将さんがあの状態では……。それで、親分も女将さんの身体がもう少ししっかりするまで待とうと言われましてね。戸田さま、湯豆腐のお代わりはいかがですか？」

　おはまに言われ、龍之介が、ああ、貰《もら》おうか、と小鉢《こばち》を差し出す。

「清太郎はもう眠ったのか？」

「ええ、今宵《こよい》は戸田さまの帰りが遅いと聞いていたものだから、もうとっくに……」

「おお、済まなかったな。久し振りに望月さんと一杯やったものでな……。それゆえ、もう充分に腹がくちくなっていたのに、おはまさんから湯豆腐の仕度《したく》がしてあると聞いたものだから、つい……。手間をかけてしまい申し訳なかった……。ところで、明日は煤払《すすはら》いだったな？　道場に断りを入れておいたので、俺も手伝わせてもらうぜ！」

「そいつァ、助かるってもんで……。なんせ、師走《しわす》は猫の手も借りてェほどの忙しさで、小僧たちだけでは心許《こころもと》なく思っていたものだから、大いに助かりやす」

正蔵が嬉《うれ》しそうに頬を弛《ゆる》める。

明日は十二月十三日……。

十三日は幕府の事納《ことおさ》めに当たり、この日、庶民はいっせいに煤払いを行うと、その後は、門松《かどまつ》や注連飾《しめかざ》りといった正月飾りや餅搗《もちつ》きに追われる。

「今年も残りわずかか……」

龍之介がぽつりと呟《つぶや》く。

おはまは困《こう》じ果てたようにお葉の閨に目をやった。

その目は、女将さん、早く元気になってくれればよいのに、と言っているようであった。

「さあさあ、今日は煤払いだ！　皆、しっかり食べて、気張っておくれ」

食間からおはまの威勢のよい声が響《ひび》いてくる。

おちょうは味噌汁《みそしる》の入った鉄鍋を鍋敷きの上に下ろすと、清太郎に目まじしてみせた。

「今朝は清坊の好きな浅蜊汁《あさりじる》だよ！」

「ヤッタ！」

清太郎が燥《はしや》ぎ声を上げる。

「清坊はどっちの煤払いを手伝うのかよ」

龍之介が訊ねると、清太郎は意味が解らなかったのか、とほんとした。

「どっちって……」

「だからよ、師匠の裏店《うらだな》か、それとも日々堂かってことでよ」

清太郎はやっと解ったとみえ、おいら、どちらも手伝わねえ！　と澄ました顔で答えた。

「どちらも手伝わないって、それはどういうことだよ」

「だって、石鍋先生が裏店の連中に委《まか》せておけばいいって言うんだもの。それに、おじちゃんが日々堂では手が足《た》りているから子供は足手纏《あしでまと》いだって……」

えっと、龍之介が驚いたように正蔵に目を据《す》える。

「足手纏いって、本当にそんなことを言ったのですか？　清太郎は年が明けたら十歳ですよ。それなのに、大人が忙しくしている最中《さなか》、子供が手伝わないなんて……。清太郎が先々日々堂を背負《せお》っていくことを考えたら、現在《いま》から少しずつ責任というものを教え込んでおいたほうがよいのでは……」

「ええ、まっ、そりゃそうなんですがね。よし、解った！　清坊、今年は日々堂の煤払いを助《す》けてみるか？」

正蔵に言われ、えぇェ……、と清太郎が恨めしそうな声を上げると、お葉の閨の襖《ふすま》がさっと開いた。

「戸田さまや宰領《さいりよう》の言うとおりだ！　清太郎、おまえも助《す》けるんだよ」

なんと、お葉が常着《つねぎ》に着替えて立っているではないか……。

「女将さん……」

「もう起きても大丈夫《でえじょうぶ》なんで？」

「おっかさん、治ったの？」

男たちの声に、おはまが慌《あわ》てふためいたように厨《くりや》から茶の間に駆け込んで来る。

「女将さん……。今、閨に朝餉《あさげ》を運ぼうかと思っていましたのに……」

お葉は照れ臭そうな笑《え》みを見せ、長火鉢《ながひばち》の傍《そば》に坐《すわ》った。

「皆、心配をかけて済まなかったね。もう大丈夫だから安心しておくれ！　おや、今朝は浅蜊汁かえ？　清太郎、よかったじゃないか！」

お葉が清太郎の肩をちょいと小突いてみせる。

「でも、本当に起きていていいんですか？　皆が忙しくしているときに自分一人が寝ていては悪いと思い、それで無理して起きて来なさったんだろうが、本当に大丈夫なので……」

おはまが気遣《きづか》わしそうに寄って来る。

「何言ってんのさ！　あたしのは、病というより鬼の霍乱《かくらん》ってもんでさ。そんなの、三、四日も寝ていりゃ吹っ飛んじまう……。さあ、食べようじゃないか！　なんせ、力をつけなきゃ動けないからさ……」

お葉はわざと明るい口調で言うと、改まったように皆を見廻《みまわ》し、皆、本当に済まなかったね、ともう一度頭を下げた。

正蔵が安堵《あんど》したように肩息《かたいき》を吐く。

「ああ、よかった……。一時はどうなることかと心配しやしたが、女将さんのその顔を見ると、もう安心だ。清坊、よかったな！」

正蔵に覗《のぞ》き込まれ、清太郎が素直に頷く。

「うん」

龍之介がお葉の目を瞠め、目まじしてみせる。

「女将さん、お帰りなさい」

すると、正蔵もおはまも、おちょうまでが、お帰りなさいませ！　と口を揃《そろ》える。

「なんだえ、皆して……。ああ、帰ったからね、ただいま……」

お葉が照れたように答えると、清太郎の傍にいた猫のシマがミャアと鳴いた。

「まっ、シマまでがいっぱしに……」

おはまの言葉に、わっと茶の間に笑いの渦《うず》が巻く。

やれ、やっと日々堂に平穏な日々が戻ってきたようである。

今やお葉は日々堂にはなくてはならない存在で、お葉が茶の間にいなかったこの数日間はまるで灯《ひ》が消えたようで、店衆《たなし》の誰もが三百落とした心持でいたのだった。

お葉はこの数日で顔が一廻りも小さくなり、いまだに身体に力が入らないようだった。

が、悔いや憂《うれ》いはすっかり寝床の中にふるい落としてきたとみえ、気力だけは常にも増して旺盛《おうせい》で、この日の煤払いはお葉の統率《とうそつ》のもと、無事に終えることが出来たのである。

「まあ、こんなに早く終わるなんて……。やっぱり、女将さんの陣頭指揮となると違うんですね。男衆《おとこし》も女衆《おなごし》も、あんなにきびきびと動くとは思ってもいませんでしたからね。さあ、小中飯《こじゅうはん》（おやつ）にしましょうか！　今日はね、朝次が裏庭で焼芋《やきいも》を焼いてくれましてね」

おはまが笊《ざる》に焼芋を入れて茶の間に入って来る。

「へえ、そうかえ、朝次がねえ……。じゃ、お茶を淹《い》れようね」

お葉が茶の仕度をしていると、バタバタと廊下の鳴る音がして、友七親分が茶の間の障子《しょうじ》をすっと開いた。

「おっ、いたいた……。いや、今、見世《みせ》の前《めえ》を通りすがったら、六助の奴が女将さんが床上げをしたと言うじゃねえか！　それで、これはなんでも、おめえの顔を見なくちゃと思ってよ……。おっ、少し痩《や》せたが思ったより元気そうじゃねえか！　むしろ、身が引き締《し》まって、これぞまさに、すんがり華奢《きやしや》ってもんでよ！　お葉よ、たまには病に臥してみるもんだのっ」

友七がちょっくら返しながら入って来る。

「まっ、親分たら、口が減らないんだから！」

おはまもくくっと肩を揺する。

「親分はあんなことを言ってますけど、本当は、女将さんのことを心《しん》から案じていなさったんですよ……。毎晩、帰りがけに顔を出し、女将さんの容態を気にかけて下さったんですからね」

「ああ、解ってるさ……。親分、心配をかけて済まなかったね。このとおりだ。勘弁しておくれ……」

お葉が手を合わせてみせる。

「止《よ》しとくれよ！　俺ャ、おめえの父親《てておや》代わりだ。心配《しんぺえ》するのは当たり前《めえ》のことでよ。けどよ、気丈なおめえが寝込むなんて、正《まさ》な話、ちょいとばかし驚いちまったぜ……」

「あたしもさァ、まさか、こんなに柔《やわ》な女ごとは思っていなかったもんだから、戸惑《とまど》っちまってさ。さっ、お茶が入ったよ。焼芋があるんだ。食べておくれよ」

「おっ、美味《うま》そうじゃねえか！　じゃ、馳走《ごち》になるとするか……。けどよ、おめえは自分が柔な女ごと思っていなかったと言うが、柔なんじゃねえ……。それが人ってもんでよ。お葉、永かったよな……。おめえは十歳のときに父親《てておや》の屍《しかばね》に縋《すが》って母親への復讐《ふくしゅう》を誓い、これまでさまざまな苦難を乗り越えながらも、気を張って生きてきたんだもんな。久乃の死という現実を目《ま》の当たりにして、一気に箍《たが》が弛んだとしても不思議はねえ……。けどよ、やっと、十七年という永《なげ》ェ心の闇《やみ》が晴れたんだ。これからは、後ろを振り返《けえ》ることなく、ただ前を向いて生きていけばいいんだからよ」

友七が芋の皮を剥《む》いて、がぶりと頬張る。

「熱《あち》イ、アッチチ……。けど、美味《うめ》ェや！」

「親分たら、せっかちなんだから……。ほら、フゥフゥして！」

おはまが笑う。

友七はお茶を口に含むと、改まったようにお葉に目を据えた。

「ところでよ、ひとつ訊きてェんだが、俺が久乃の墓に詣ってみると、花立てに花簪が供えてあったんだが、あれはおめえの仕業だろ？」

「ああ、あのことね……」

「いってえ、どういうつもりなんでぇ……。いや、久乃がおめえに返《けえ》してくれと言ったってことは、お近って女ごから聞いた……。けどよ、その花簪をなにゆえ久乃の墓に……」

「なにゆえと言われても、あたし自身もなぜあんなことをしたのか解らないんだよ。ただ、あの花簪はおっかさんが持っているほうがいいと思ってさ……」

お葉が言葉に詰まると、おはまがさっと割って入る。

「ええ、そうなんですよ。女将さんはおとっつァんが買ってくれた花簪をおっかさんが持つことで、それでまた、家族が一緒になれると思ったんですよね?」

「なんでおめえにそれが解る?」

「いいえ、これは戸田さまがそうではなかろうかと言われたことで……」

「えっ、そうなのか?」

友七がお葉を瞠める。

お葉は慌てた。

正な話、あのときは大した理由もなく、ただ憑《つ》かれたように花立てに花簪を挿してきてしまったのであるが、龍之介の解釈はあながち違ってはいないような気もするのである。

「そうだったのかもしれない……」

「そうだったのかもしれねえって……。だったら、土の中に埋めてやるとかしねえと、他人《ひと》に持って行かれるじゃねえか！　見たところ、あの簪は金目《かねめ》のものだ。この世知辛《せちがれ》ェご時世、あれじゃ、盗《と》ってくれと言っているのも同然でよ……。俺ャ、思わずそそ髪《がみ》が立っちまった（身の毛がよだった）もんだから、慌てて彌勒寺の住持に事情を話し、日々堂の女将に真意を質《ただ》すまで預かっていてほしいと頼んだのよ。なっ、それでよかったんだろう？」

お葉は友七に瞠められ、思わず視線を彷徨《さまよ》わせた。

「済まないことをしちまったね……。あたし、そこまで考えが及ばなかったものだから……。けど、今、親分に言われて、はっきりと腹が決まったよ。四十九日の法要までにおっかさんの墓碑を建て、その中に花簪を収めることにするよ。ねっ、それならいいだろう？」

「ああ、そうしてやんな。それで筋が通るってもんだからよ……。けど、おめえも大《てぇ》変《へん》だな。亭主の墓が本誓寺《ほんせいじ》で、おとっつァんが要律寺、そこに、おっかさんの彌勒寺までが増えたんだからよ」

「なに、遠いところに行くわけじゃなし、三つとも深川じゃないか……」

「おっ、そうそう、その笑顔！　お葉には笑顔がいっち似合っている」

友七がそう言うと、おはまも尻馬《しりうま》に乗ってくる。

「あらまっ、女将さん、どうします？　またまた女っぷりが上がっちまいましたよ！」

「なんだえ、親分もおはまも！　病《や》み上がりをひょうらかす（からかう）とは酷いじゃないかえ」

が、そう言ったお葉の面差《おもざ》しは、病み上がりとは思えないほど輝いていた。


それから三日後のことである。

お葉が暮れの挨拶《あいさつ》廻りの仕度をしていると、おはまが寺嶋村《てらじまむら》の靖吉《やすきち》が来ていると知らせに来た。

「そうかえ、じゃ、茶の間に通しておくれ」

「それが、娘のおひろちゃんも一緒なんですよ」

「だったら、なおさら、娘の顔を見たいじゃないか！　早く、ここに通しておくれよ」

お葉はそう言うと、歳暮を部屋の隅《すみ》に片づけ、長火鉢の前に座布団《ざぶとん》を敷いた。

そうして、菓子鉢の蓋《ふた》を開けて中を確かめる。

菓子鉢の中には金平糖《こんぺいとう》と花林糖《かりんとう》が……。

どちらも子供が悦《よろこ》びそうな菓子で、お葉は満足そうに頷いた。

「さあさ、どうぞ……」

おはまが靖吉とおひろを案内してくる。

「おや、おさとは？」

「おさとは厨にいますけど……」

「何言ってるんだえ！　早く、おさとも呼んでやりな。それとも、現在《いま》、おさとが抜けると勝手方が困るとでもいうのかえ？」

「いえ、中食《ちゆうじき》の片づけが終わったばかりのところですし、夕餉《ゆうげ》の仕度までにはまだ少し間がありますけど……」

「だったら、誰に気を兼ねることがあろうかよ。さっ、早く呼んでやりな！」

「解りました」

おはまがおさとを呼びに厨に戻って行く。

「さあ、ここにお坐り。まあ、なんて可愛《かわい》い顔をしてるんだろう……。おひろちゃんていうんだってね？　幾《いく》つかえ？」

お葉が訊ねると、おひろは含羞《はにか》んだように片手を開いて見せた。

「五歳……。そうかえ、お利口《りこう》だね」

お葉がそう言うと、靖吉が気を兼ねたようにそっとお葉を窺う。

「子連れで申し訳ありやせん。ばっちゃんが風邪で寝込んじまったもんで、仕方なく得意先廻りに連れ歩くことになりやして……」

「それは難儀なことで……。実は、あたしも三、四日前に床上げしたばかりでさ。風邪と思って見掠《みかす》め（見くびる）ちゃならないよ。風邪は万病の原因《もと》というし、年寄りならなおさらだからね」

「では、女将さんも風邪で？」

「まっ、そんなところで……。というより、あたしのは鬼の霍乱でさ……」

お葉がそう言ったとき、失礼します、と声をかけて、おさとが入って来た。

お葉が靖吉の傍に坐れと促《うなが》す。

おさとは気恥ずかしそうな顔をして、靖吉の隣に坐った。

「おひろちゃん、よかったじゃないか！　おさと姉ちゃんに逢うのは久し振りだろう？」

お葉が菓子鉢の蓋を取り、おひろの前に差し出す。

「好きなだけ食べていいからね。今、お茶を淹れてやるからさ」

おひろは怖《お》ず怖ずとおさとの顔を窺った。

食べてもいいかという意味なのであろう。

おさとが頷く。

おひろが金平糖を摘《つま》み、すいいいじりもじりしながら口に運ぶ。

「子供って、このくらいのときが一番可愛いね。あたしが清太郎のおっかさんになったとき、あの子、六歳だったけど、そう、こんな感じだったかな……。それが、年が明ければ十歳なんだもんね。子供の成長は早いっていうけど、それだけ大人も歳《とし》を取るってことで、そう思うと、なおさら現在《いま》のこの瞬間を大切に生きなきゃと思えてきてね……。さっ、お茶が入ったよ」

お葉が靖吉とおさとに茶を勧める。

「女将さん、お話がありやして……」

靖吉がおさとに目まじすると、改まったようにお葉を瞠める。

「話？　ああいいよ。聞こうじゃないか」

靖吉は何か考えているようだったが、意を決したように、再びお葉に目を戻した。

「この前《めえ》、ここに来たとき、女房の一周忌が済むまでおさととの祝言《しゅうげん》は待ってもらいてェと言いやしたよね？」

「ああ、おさともそれに異存はないと聞いたが、それがどうかしたかえ？」

「男が一旦言ったことを翻《ひるげえ》すようで心苦しいのでやすが、実は、祝言を早めてェと思いやして……」

あっと、お葉は息を呑《の》んだ。

靖吉の神妙な顔から見て、どこかしらそんな話ではないかと思っていたのだが、また何を思って祝言を早めるというのであろうか……。

「ちょいと待っておくれよ。そんな話とあれば、あたし一人が聞くより、宰領やおはまの耳にも入れておくほうがいいんでね……」

お葉はそう言うと、厨のおはまを呼び、正蔵を連れて来るようにと命じた。

正蔵とおはまが茶の間に入って来る。

「見世は大丈夫かえ？」

「へい。友造がいやすし、仕分け作業のほうは政女さんが目を光らせていてくれるので委せておいても構いやせん。それで、なんでしょう？」

「それがさ、靖吉さんが祝言を早めたいと言い出したもんで、そんな話なら二人にも聞いておいてもらったほうがいいと思ってさ……」

お葉がそう言うと、おはまが驚いたようにおさとを見る。

「祝言を早めるったって……。おかみさんが亡くなったばかりだというのに、すぐに別の女ごを家に引き入れたんじゃ、周囲《まわり》の者に女房が死ぬのを待っていたと思われてもしょうがないから、一周忌が済むまで待つと言ったのは靖吉さんなんだよ？　それを現在《いま》になって早めたいとは、いったいどういう心境の変化なのさ」

おさとがちらと靖吉に目をやると、靖吉に代わって説明する。

「決して、待ちきれなくなったわけじゃないんです。靖吉さんから聞かれたかと思いますが、実は、靖吉さんのおっかさんが風邪が原因《もと》で床に就《つ》き、何しろ歳が歳なものだから、いっこうに恢復《かいふく》に向かわなくて……。そうなると、おひろちゃんの世話はもちろんのこと、せっかく作った野菜を売り歩くこともままならず、ついに、親戚筋から一刻《いっこく》も早く後添《のちぞ》いを貰えって話が出るようになりましてね……。このままでいると、いつ、お節介《せっかい》焼きの親戚に勝手に段取りをされてしまうかもしれない……。それで、靖吉さんが、こうなったからには誰になんと思われようと構わない、後添いにする女ごはすでに決まっていると、皆の前で公言すると言い出しましてね」

「それで、おさとが村の者に妙な勘繰《かんぐ》りをされたくねえ、一年待って、周囲《まわり》からおひろのためにも早く後添いをとけしかけられてから自分のことを紹介してくれるほうが、後々《のちのち》村に入《へえ》ってから暮らしやすくなると言ってたもんだから、まずは、おさとの腹を確かめやしてね……。そうしたら、おさとも本当は一年待つのは辛《つら》かった、それがこんなに早く所帯が持てるとは……、と言って、涙を流して悦んでくれやしてね。それで、女将さんに事情を説明し、祝言を早めることを許してもらいてェと思いやして……」

靖吉が上目《うわめ》にお葉を窺う。

「許すも何もあるもんか！　元々、あたしはおまえたちが一緒になることに賛成してたんだからさ……。ただ、あたしが見たところ、靖吉さんには周囲《まわり》の目をごまかすためにというより、死んだ女房を弔《とむら》う意味で、一周忌が済むまでおさととは所帯を持たない気持でいたように思うんだが、まさか、気持が変わったというのではないだろうね？」

お葉がそう言うと、靖吉は辛そうに顔を顰《しか》めた。

「女房には済まねえと思ってやす。けど、おっかさんがあんなふうになったんじゃ、背に腹はかえられねえ……」

「女将さん、解って下さいませ！　あたし、靖吉さんの後添いに入れたら、おかみさんの供養に勤《いそ》しみます。決して忘れたり疎《おろそ》かにしませんし、靖吉さんのおっかさんの看病もしますす。もちろん、おひろちゃんのよきおっかさんにも……。あたし、この男《ひと》のためなら、なんだって出来る！　この男《ひと》が辛い想いをしたり、哀《かな》しい顔をするのだけは見たくないんです」

おさとが縋るような目でお葉を見る。

「あい解った！　あたしは納得したが、おまえたちはどうだえ？」

お葉が正蔵とおはまに目をやると、二人は顔を見合わせた。

「あっしらにも異存はありやせん。だが、祝言を早めるとして、いってえ、いつ頃と思っているのか……」

「そう、それに、葛西《かさい》のおとっつァんにまだこの話をしていないんだろう？　確かに、仲蔵《なかぞう》さんはおさとが幸せになれるのならと二人がいずれ所帯を持つことを渋々《しぶしぶ》認めてくれたが、あのときは靖吉さんの女房がまだ生きていて、二人が本当に添《そ》えるのかどうかまで判っていなかったんだからね……。もしかすると仲蔵さんの腹には、現在《いま》は娘がのぼせ上がっているだけで、そのうち熱が冷《さ》めるのじゃなかろうかという想いがあったのかもしれない……。それに、なんと言っても、仲蔵さんは靖吉さんの女房が二月《ふたつき》前に亡くなったってことをまだ知っちゃいないんだからね……」

正蔵とおはまがそれぞれに懸念を口にすると、お葉は困じ果てたようにおさとを見た。

「おはまの言うとおりだ……。まず、仲蔵さんを説得するのが先決だ。これはよほど気を引き締めてかからないと……。よいてや！　乗りかかった船だ。靖吉さん、いっ葛西のおとっつァんに許しを得に行くつもりかえ？　なんなら、あたしも一緒しようじゃないか！」

お葉がそう言うと、おさとと靖吉の目がぱっと輝いた。

「そうしていただけると有難《ありがて》ェです。けれども、この年末年始は女将さんはお忙しいのでは……」

靖吉が恐縮したように言う。

「ああ、便り屋は一年を通して現在《いま》が一番忙しいときでね。まっ、松の内を過ぎればいくらかは暇《ひま》になるだろうけどさ」

「では、七草《ななくさ》を過ぎてからってことで……。なっ、おさと、それでいいだろう？」

「はい」

二人は瞠め合い、頷いた。

やれ……、とお葉は肩息を吐いた。

子煩悩《こぼんのう》な仲蔵のことである。

まさか、こんなに早く靖吉の女房がこの世を去るとは思わず、渋々ながらも二人の関係を認めたが、いざとなるとなかなかどうして、一筋縄《ひとすじなわ》ではいかないのでは……。

が、ここまで二人の決意が固いとなると、お葉もひと肌脱がざるを得ないだろう。

それに、何より、この愛らしいおひろのためにも……。

そんな想いでおひろに目をやると、おひろの円《つぶ》らな瞳《ひとみ》にぶつかった。

おひろちゃん、大丈夫だよ。女将さんがなんとかしてみせるからね……。

お葉は胸の内で呟くと、おひろにふわりとした笑みを送った。


靖吉とおひろが帰って行くと、お葉は外出着に着替えた。

「供《とも》に誰をつけやす？」

正蔵が訊ねる。

お葉はしばし考え、良作《りょうさく》にしよう、米倉《よねくら》にも挨拶に上がるんで、おてるちゃんに逢わせてやれるだろ？　と言った。

「あっ、それがようごぜえやす。この前良作《めえ》がおてるちゃんに逢ったのは、米倉の内儀《おかみ》さんに連れられ品川宿《しながわじゆく》に後《のち》の月《つき》を観《み》に行ったときだから、三月前《みつきめえ》のこと……。同じ深川にいても、度々《たびたび》逢えるってわけじゃありやせんからね。じゃ、良作に仕度をするように言って来やしょう」

正蔵が見世に戻って行く。

すると、おはまがお葉に長羽織《ながばおり》を着せかけながら、喉《のど》に小骨が刺さったような顔をする。

「女将さんはおさとのおとっつァんがすんなり許すと思います？」

「すんなりとまではいかないかもしれないが、あたしはあの二人に葛西のおとっつァんの前で頭を下げると約束したんだ。許すと言ってくれるまで何遍でも頭を下げるさ……。それしか方法がないじゃないか……」

「いえね、あたしが案じているのは、仲蔵さんがまだ、靖吉さんに七十路《ななそじ》を過ぎたおつかさんと五歳の娘がいるということを知らないってことでしてね。靖吉さんが長患《ながわずら》いの女房を抱《かか》えているということだけで激怒した仲蔵さんが、なぜそんな大事なことをこれまで秘密にしていたのかと立腹するのは目に見えていますからね」

確かに、おはまの言うとおり……。

盂蘭盆会《うらぼんえ》を前にして、おさとの父親《ておや》仲蔵が、此度の藪入《やぶい》りには何がなんでもおさとを里下《さとお》りさせてくれと頼んできたのである。

聞けば、この一年、おさとは里下りしていないという。

日々堂では、おさとは正月明けの藪入りにも去年の盆にも里下りしていたので、てっきり葛西に戻ったとばかり思っていたのである。

では、おさとはいったいどこに行っていたのであろうか……。

それで、おさとを呼びつけどこに行っていたのか質したところ、なんと、おさとには三日に一度寺嶋村から野菜を売りに来る靖吉という慕《した》い人がいることが判明したのだった。

しかも、あろうことか靖吉には長患いの女房がいて、おさとも靖吉が女房を看取《みと》った後、後添いに入ることを納得しているというのである。

おさとを名主《なぬし》の次男に嫁がせる腹でいた仲蔵は激怒した。

「嫁入り前の女《めえ》ごがこんなふしだらな真似《まね》を！　おとっつァんはよ、おめえを御助《おすけ》(好色女）にするために育てたんじゃねえ！　そりゃよ、うちは自作農家といっても、他人《ひと》さまに自慢できるほどの田畑を持っているわけじゃねえ……。けどよ、他人《ひと》から後ろ指を指《さ》されねえ生き方をしたきたつもりだ。おめえのことだってよ、嫁入り前《めえ》の修業のつもりで奉公に出した……。それもこれも、おめえが三国一《さんごくいち》の花嫁になってくれることを願ってのことだったんだ！　此度の縁談は三国一とまでいかねえかもしれねえが、名主の次男が相手でよ。名主は次男を分家させ、田畑を分け与えると言っている……。三段百姓《さんだんびやくしよう》の娘にゃ瓢簞《ひようたん》から駒《こま》みてェな話でよ。こんな福徳《ふくとく》の百年目みてェな話は滅多《めつた》に転がってるもんじゃねえ……。それなのに、おめえって奴は！　いいから、即刻、その男とは手を切るんだ！　女将さん、申し訳ねえが、今日限りおさとは暇を貰いやす。なに、このまま葛西に連れ帰《けえ》れば、黙ってりゃ、おさとが傷物だと暴露《ばれ》やしねえんだからよ……。そんな理由《わけ》なんで、その男がおさとの行方《ゆくえ》を訊ねてきても、教えねえでいて下せえ。どうか、このとおりでやす……」

　仲蔵はお葉にそう懇願《こんがん》したのである。

　だが、おさとは頑《がん》として引き下がろうとしなかった。

「嫌《いや》だ、あたし！　葛西には帰らない。あたしは靖吉さんと約束を交《か》わしたんだもの……。あの男《ひと》ね、病のかみさんを抱えていて、現在《いま》一番大変なときなんだって……。医者はもう匙《さじ》を投げたらしくて……。それで、かみさんの最期《さいご》を看取ってやりたいと、そう言うの。あたしはそれでもいい……。あの男《ひと》が自由になる日まで待つつもりよ。おとっつァんが見つけてきた縁談に比べると、靖吉さんはうちと同じ三段百姓だけど、おはまさんも前に言ってたでしょう？　靖吉さんの作る野菜には外《はず》れがないって……。あの男《ひと》ね、他人《ひと》に美味《おい》しいと言ってもらえる野菜を作るのが何よりの生き甲斐《がい》だと、口癖《くちぐせ》のように言うの。あたし、そんな靖吉さんに惚《ほ》れたんだ。あたしがこの男《ひと》の支えになろう、そうして、もっともっと美味しい野菜を作るんだ！　そうすれば、女将さんやおはまさん、日々堂の皆に美味しい野菜を届けられると思って……。ねっ、おとっつァん、許して下さいな。おとっつァんの描《えが》いた夢には添えないけど、あたしは靖吉さんと一緒に歩み、支え合いながら諸白髪《もろしらが》となるほうが幸せなんだから……。不肖《ふしょう》の娘と恨んでくれてもいい！　けど、おとっつァんさえ許してくれるのなら、靖吉さんと所帯を持ったあとも、おとっつァんの娘として孝行していくつもりなんだから……」

おさとの決意が固いと見たお葉は、仲蔵の腹を確かめようと訊ねた。

「仲蔵さん、どうだろう？　ここまでおさとの決意が固いのでは、葛西に連れ帰るのは無理なのではなかろうか……。とはいえ、あたしがひとつ引っかかるのは、靖吉さんの女房のことでね。病の身といっても、まだ生きているんだからさ……。おさとの話を聞くと、まるで靖吉さんと二人して女房が死ぬのを待っているように思えて、どうにもどっとしない（感心しない）んだがね……。それにさ、医者が匙を投げたってことは、もうあまり永くはないんだろうが、そうは言っても、世間には余命幾ばくもないと宣告された者が、それから二年も三年も永らえたって話もあるからね……。それでも、おさとは構わないというのかえ？」

おさとはこくりと頷いた。

「構いません……。それでも、あたしは待ち続けます。けど、考え違いをしないで下さい。あたしはかみさんに早く死んでほしいと思っているわけではないんです。あたしはいつの日にか靖吉さんと一緒になれればそれでいいんだから……。仮に、添い遂《と》げることが出来なかったとしても、それでもいい。晴れて夫婦《めおと》になれなくても、心の中では、あたしとあの男《ひと》は鰯《いわし》煮た鍋（離れがたい関係）なんだから……」

おさとは涙に濡《ぬ》れた顔を上げ、きっぱりと言い切った。

おさとがここまで腹を決めているのであれば、お葉にはもう何も言うことがない。

男と女ごが心底《しんてい》尽《ず》くになるということは、こういうこと……。

お葉は甚三郎に恋い焦《こ》がれていたときのことを思い出し、おさとを応援してやろうと思った。

「仲蔵さん、ご不満だろうが、ここはひとつ、おさとのことはあたしに委せてもらえないだろうか……。靖吉さんの腹を確かめてみるからさ。それによって、今後どうすればよいのか、改めて知恵を出し合うことにしようじゃないか。取り敢《あ》えず、名主の縁談は断ることだね。その男《ひと》がいかに田畑を持っていようが、おさとの幸せは金では買えないからね。それより、本気で惚れた男に添うことのほうが、どれだけおさとにとって幸せか……」

それまで黙って聞いていた、おはまも頷いた。

「女将さんのおっしゃるとおりだ。ねっ、仲蔵さん、ここはひとつ女将さんとあたしに委せてくれないかえ？　いえね、二人の仲に薄々《うすうす》気づいていて、これまで手を拱《こまぬ》いていたあたしにも責任があるように思えてさ……。仲蔵さん、靖吉さんの為人《ひととなり》はあたしが保証しますよ。病のかみさんを抱えていたことは知らなかったけど、あの男《ひと》の作る野菜は本当に美味しくってね……。人参《にんじん》にしても法蓮草《ほうれんそう》にしても、あの男《ひと》が作る野菜は味が深くってさ……。それだけ心を込めて作っているのかと思うと、食べるあたしたちも有難《ありがた》さが倍増するってもんでさ！　あんな野菜を作れる男《ひと》に悪い男がいるはずがない！　おさとも靖吉さんのそんな真摯《しんし》な姿に惚れ込んだのだろうからさ」

「そうだよ。おさとがそんな男に惚れたのは、仲蔵さん、おまえさんを父親《てておや》に持ったからじゃないかえ……。おさとはね、靖吉さんが野菜作りに心血《しんけつ》を注《そそ》ぐ姿に、父親《てておや》の姿を重ね合わせたに違いないんだ……」

お葉のその言葉は、仲蔵の心を動かしたようである。

仲蔵は面食らったように、おさとを見た。

「俺の姿を……。おさと、本当なのかよ？」

おさとは含羞んだように目を伏せた。

「だって、あたしが子供の頃、おとっつァん、言ってたじゃないか……。美味《うま》くなれ、美味くなれって念仏を唱《とな》えながら雑草を抜き、水を撒《ま》いてやると、作物は必ずや応えてくれるって……。それで、あたし、靖吉さんの話を聞いていて、おとっつァんを思い出したの」

それ以上の言葉は要《い》らなかった。

仲蔵は観念したかのように頭を下げた。

「おさとのことをよろしく頼んます。あっしはもう何も言いやせん……。おさとの幸せだけを願っておりやすんで、どうかお願《ねげ》ェ致しやす」

それが盂蘭盆会前のことで、取り敢えず、おさとのことはお葉が一任された形になったのであるが、その時点では、お葉も靖吉に七十路過ぎの母親と五歳の娘がいることは知らされておらず、ましてや仲蔵にいたっては……。

お葉は靖吉の腹を確かめたあと、仲蔵宛《あて》に靖吉の想いを文《ふみ》に認《したた》めたが、敢えて、母親や娘のことに触れなかった。

まずは仲蔵に腹を決めてもらうことが先決と思ったのである。

いずれ母親や娘のことを打ち明けるにしても、現在《いま》はまだ時期尚早……。

そう思っていたのだが、まさか、あれから三月《みつき》もしないうちに靖吉の女房が息を引き取るとは……。

が、そのときも、おさとを後添いに迎えるのは女房の一周忌を済ませてからという靖吉の言葉に、では、まだ一年も猶予《ゆうよ》があるのだからと、仲蔵には何も知らせていなかったのである。

お葉は仲蔵のことを思うと、気が重くなった。

はたして、お葉が頭を下げたくらいで、あの仲蔵が心を開いてくれるであろうか……。

が、つと過《よ》ぎった懸念を振り払うと、お葉は言った。

「じゃ、行って来るから、後を頼んだよ！」

お葉は小僧の良作を供に、遠州屋《えんしゅうや》、冨田屋《とみたや》、富士見屋《ふじみや》といった得意先への挨拶廻りを終え、最後に入舩町《いりふねちょう》の葉茶屋《はぢゃや》問屋米倉を訪ねた。

「まあ、女将さんが直々《じきじき》に……。こちらから挨拶に伺《うかが》わなければならなかったのに恐縮ですわ。おやまっ、良作さんがお供とは、偉いこと！」

内儀のお町《まち》が蕩《とろ》けるような目で良作を瞠め、お端女に甘い物を持って来るようにと命じる。

「良作、ご挨拶は？　その節はお世話になりましたと、ちゃんと礼を言わなくては駄《だ》目《め》じゃないか……」

お葉に言われ、良作がぺこりと頭を下げる。

「まったく、これなんだから……。宰領はいったいどんな躾《しつけ》をしているんだか！」

「あら、良作さんはここが姉さんの家と思っているからで、余所《よそ》ではそんなことはしないわよね？」

お町が良作を庇《かば》うように言う。

「それで、おてるちゃんは？」

　お葉が訝しそうな顔をする。

「そうですよね。良作さんをお連れになったたってことは、おてるに逢わせてやろうとお思いになったからなのでしょうね……。けれども、生憎《あいにく》、おてるは今日がお琴《こと》の稽《けい》古納《こおさ》めで、佐賀町まで出掛けていますのよ。昨日が生花《いけばな》で明日は茶道《さどう》と、年の瀬も押し迫ってくると、あの娘《こ》も忙しくて……」

「おやまっ、稽古三昧《ざんまい》とは、おてるちゃんはもうすっかり大店《おおだな》のお嬢さまなんだね。良作、そうなんだって……。残念だったが、また逢う機会があるだろうさ！」

「ええ、ありますとも！　近日中にあたしどもも日々堂さんに挨拶に伺おうと思っていましたので、その折、おてるに供をさせましょう。あっ、でも、年末は良作さんは忙しいのですよね？」

　お町が気を兼ねたようにお葉を窺う。

「ええ。今日はあたしの供という大義名分があるものだから、こうして仕事を抜けることが出来たんだけど、見世では他の小僧の手前、良作だけ特別にというわけにはいかないからね」

「それを思うと、なんだかこの子が不憫《ふびん》で……。同じ姉弟《きょうだい》でも、おてるは稽古事で忙しくしていて、良作さんは見世の手伝いに忙しいのですものね。実は、後の月に良作さんを誘ったとき、いっそ、うちで働いてはどうかえ？　と勧めてみたんですよ。最初《はじめ》は小僧からでも、すぐに手代、番頭と上げてやるし、いずれは暖簾《のれん》分けしてやってもいいからと……。ところが、一言《いちごん》のもとに断られましてね。自分は町小使《まちこづかい》（飛脚《ひきやく》）になるのが夢だ、今に、佐之助《さのすけ》さんみたいに脚《あし》の速い町小使になって、清坊を支えてやるんだって……。しかも聞けば、良作さんだけでなく、他の小僧や町小使の皆がそう思っているとか……。あたしね、それを聞いて、日々堂がいかに店衆を大切にしているのか解ったような気がしましてね。それで、良作さんをうちで引き取ることを諦《あきら》めましたの」

お町が、ねっ？　と良作に目まじする。

「まあ、そんなことがあったとは……」

お葉が驚いたように挟《はさ》み箱を担《かつ》いで、表を走りてェ……」

「おいら、早く挟み箱を担いで、表を走りてェ……」

良作が不貞《ふて》たように呟く。

「早く表を走りたいといっても、おまえ、年が明けてやっと十二歳なんだよ。挟み箱を担いで表を走るのは、早くても十六になってから……。焦ることはないんだよ。それより、十二歳には十二歳でなければ味わえないことが山ほどあるからさ。大人になって、やり残したと悔やまないように、現在《いま》やらなきゃならないことをせいぜい愉《たの》しむことだね」

「現在《いま》やらなきゃなんねえことって？」

「それは……」

お葉は言葉に詰まった。

良作は小僧という立場上、清太郎のように手習指南所に通うことも、近所の悪餓鬼《わるがき》と連《つる》んで思い切り遊ぶことも出来ない。

お葉は十二歳の頃の自分を顧《かえり》みた。

十歳で喜之屋の見習に入ったお葉は、姐《あね》さん芸者や小玉《こだま》（半玉《はんぎょく》）の身の回りの世話をし、合間に三味線《しゃみ》や舞《まい》、鼓《つづみ》の稽古と、それこそ子供らしき遊びとは無縁の暮らしをしていたのである。

が、元々、芸事が好きだったお葉はそんな暮らしをさほど苦に思わなかったが、皆が皆、そういうわけではなく、良作の本心は計《はか》り知れない。

「とにかく、子供らしいことをすればいいのさ……」

お葉がしどろもどろに言うと、良作が首を傾《かし》げる。

「子供らしいことって?」

「まあまあ、そのくらいで……」

お町が慌てて割って入る。

「それで、ひとつ確かめたいんだけど、おてると離れ離れになって、良作さん、本当に寂しくないんだね?」

お町が良作の顔を覗き込む。

「寂しくなんかないよ。だって、日々堂には、昇平《しょうへい》、市太《いちた》、権太《ごんた》と、おいらの仲間がいるもん！」

お町が安堵したように目許《めもと》を弛める。

「そう……。それなら安心だ！　まあね、おてるに逢いたくなれば、ここを訪ねて来ればいいんだもんね。良作さん、遠慮しないで、いつでも米倉を訪ねて来るのよ。うちはいつでも大歓迎なんだからさ！」

「うん」

お町とお葉が、やれといったふうに胸を撫《な》で下ろす。

思えば、おてるが米倉の養女となって、ほぼ一年……。

当初は良作だけを日々堂に残して米倉の義娘《むすめ》になることに躊躇《ためら》っていたおてるだ

が、現在《いま》ではすっかり大店の娘らしくなり、良作は良作で、一日も早く町小使になりたいと張り切っているのである。

何より、娘を三歳で失い、以来、気の方《かた》（気鬱《きうつ》）に陥り塞《ふさ》ぎ込んでいたお町が、おてるを養女に迎え、実の母娘《おやこ》のように仲睦《なかむつ》まじく暮らしているのをみると、案外、これがこの姉弟《きようだい》の持って生まれた宿命《さだめ》なのかもしれないと思うのだった。

お葉が見るところ、おてるはもう大丈夫であろう。

あとは、良作がこのまま素直に育ってくれ、先々、一人前の町小使として活躍してくれることを願うのみ……。

「では、今日のところはこれで失礼いたします。おてるちゃんが戻って来たら、たまには日々堂の皆に顔を見せてやってくれと伝えて下さいな」

お葉が辞儀をして、立ち上がる。

「忙しい中を、ご丁寧《ていねい》に有難うございました。良作さん、おてるに良作さんが元気そうだったと伝えておきますからね！」

お町はお葉たちを玄関先で見送ると、深々と頭を下げた。

刻《とき》は八ツ半（午後三時）過ぎなのであろうか……。

永代寺門前町《えいたいじもんぜんちよう》に入ると、まるで別世界に脚を踏み入れたかのような喧噪《けんそう》が襲ってきた。

富岡《とみおか》八幡宮前の広場には歳《とし》の市《いち》が立ち、新年の飾り物や熊手《くまで》、羽子板《はごいた》などを売る出店がずらりと並び、あちこちから、シャンシャンと手拍子《てびょうし》を打つ音が……。

お葉は人立《ひとだち》を掻《か》き分け門前仲町へと抜けると、つと脚を止めた。

「良作、先に帰っていておくれでないか」

良作が訝しそうな顔をする。

「女将さんは？」

「ちょいと喜之屋に寄っていくから、戻ったら、宰領かおはまにそう伝えておくれ」

「喜之屋……。そう言えば解るんだね」

「ああ、一刻《いっとき》（二時間）ほどしたら戻るからと、そう伝えておくれ」

お葉はそう言うと、黒船橋《くろふねばし》を目指して歩いて行った。

お葉が喜之屋の玄関先で訪《おとな》いを入れると、応対に出た十二、三歳の娘がお葉の顔を見て、とほんとした。

お葉もこの顔は初顔である。

するると、新しく入った見習なのであろうか……。

「便り屋日々堂の女将、お葉という者だが、福助姐《ふくすけねえ》さんはいるかえ？」

お葉がそう言うと、あっ、お待ちを、と娘が慌てて奥に知らせに引っ込む。

「まあま、喜久治姐さんではありませんか！」

芸者の喜久寿《きくじゅ》が小走りに出て来る。

「ちょうどよかった！　現在《いま》、福助姐さんと、喜久治姐さんを呼んだほうがいいのじゃないかと話していたところなんですよ。ささっ、お上がりくださいな」

喜久寿に促され、お葉が座敷に上がって行く。

「おかあさんに何かあったのかえ？」

お葉がそう言うと、前を歩く喜久寿が振り返り、蕗味噌を嘗めたような顔をする。

「夕べから悪くてね……。朦朧《もうろう》とした意識の中で、喜久治、喜久治、と何度も姐さんの名を呼んでね……。かといって、ずっと意識がないかといえばそうでもなく、ふっと目醒めて、あたしたちと何気ない会話をすることもあるんですよ。それで、おかあさんの意識が遠のく度《たび》に喜久治姐さんに知らせていたのでは、現在《いま》が便り屋の一番忙しいときだというのに迷惑がかかるのじゃないかと思い、遠慮してたんですよ……。

だって、ほら、この間も、危篤《きとく》だってんで慌てて半玉におまえさんを呼びにやらせたら、その直後におかあさんの意識が戻り、なァんだってことがあったでしょう？　それで、福助姐さんが此度はぎりぎりになるまで知らせるのは控《ひか》えようって……。けど、あんまし、おかあさんがおまえさんの名を呼ぶもんだから……」

「てんごう言ってんじゃないよ！　あたしは何度だって駆けつけるに決まってるじゃないか……」

お葉が喜久寿の後からお楽《らく》の病間に入って行くと、枕許《まくらもと》に坐った福助が振り返った。

福助の傍には半玉の市松《いちまつ》が……。

「喜久治さん、ああ、よかった！　来てくれたんだね」

お葉は福助の隣に坐ると、お楽の顔を覗き込んだ。

お楽はこの前見たときより一廻りも顔が小さくなり、痩《こ》けた頬に肌がへばりついたようにみえ、どこかしら髑髏《しやれこうべ》を想わせた。

お楽が血の道（更年期障害）で床に臥すことが多くなったのが、今年の一月のこと……。ところが、血の道なのだからときが来れば元気になるだろうと思っていたのに、どうやら病の原因《もと》は他にあったようで、お楽の肌はみるみるうちに土色となり、次第に床から起き上がることもままならなくなると、今や、半臥半生《はんがはんしよう》どころか完璧《かんぺき》な病人となってしまったのである。

しかも、どうやら酒毒《しゆどく》に冒《おか》されているらしいと気づいたのが梅雨《つゆ》明けの頃で、すでにとき遅し……。

肝《かん》の臓《ぞう》が硬くなり、もう手の施《ほどこ》しようがない状態となっていたのである。

唯一《ゆいいつ》の救いが、喜之屋の女将の座を福助に譲《ゆず》っていたことで、置屋《おきや》の仕事に支障が出なかったことであろうか……。

「医者はなんて言ってるんだえ？」

お葉が訊ねると、福助は辛そうに眉間《みけん》に皺《しわ》を寄せた。

「年は越せないだろうと……」

お葉の顔からさっと色が失《う》せた。

数日前に、久乃を失ったばかりである。

それなのに、さしてときを経ずして、お楽まで……。

お葉にとって、久乃が生みの母なら、お楽は育ての母……。

何しろ、お葉が十歳の時から手取り足取り芸者の有《あ》り様《よう》を教えてくれ、ときには厳しくもあったが、慈愛《じあい》に満ちた目で芸者喜久治を見守ってくれたのである。

源氏名《げんじな》をつける際にも、喜之屋から一字を取って、喜久治、とつけてくれた。

「およう、よくお聞き。この名はね、喜之屋を束《たば》ねていく女ごにつける名なんだよ。喜之屋を久しく治《おさ》めるという意味で、喜久治……。よい名だろう？　あたしはね、それほどおまえに目をかけ、先々はこの喜之屋を背負っていってもらいたいと思っているんだからね」

確かに、言われてみれば、姐さん芸者には、福助、ぽん太《た》、と喜の字はついていない。

それに、お葉とほぼ同時に喜之屋の見習に入った喜久丸《きくまる》や歳下の喜久寿には、喜の字はついていても、治めるという意味は含まれていないのである。

お葉はお楽の期待が痛いほどに身に沁《し》みて、気の引き締まるような想いであった。

それゆえ、お葉が甚三郎と理《わり》ない仲となり、芸者から脚を洗うと言ったときのお楽の嘆《なげ》きようは半端《はんぱ》ではなかった。

「喜久治、おまえはこのあたしを、いや、喜之屋を見捨てるとお言いか！　そりゃさ、おまえには端《はな》から出居衆《でいしゅ》（自前芸者）で徹すだけの金があった……。置屋に義理はないと言われればそれまでだが、おまえは芸事が好きで、誰にも頼らずに女ご一人で生きていくには芸者しかないと、この世界に飛び込んで来たんじゃないか！　それなのに、好きな男が出来たからといって、あっさり芸者から脚を洗うなんて……。後生一生《ごしょういっしょう》のお願いだ！　もう一度考え直しておくれでないか……」

そんなふうに、何度、お楽から哀願されたであろうか……。

だが、お葉の甚三郎への愛は揺るぎないものだった。

「おかあさん、堪忍しておくんなさいよ。あっちは甚三郎なくして生きていけないんだよ。あっちがあの男《ひと》に巡《めぐ》り逢えたのは宿世《すくせ》の縁……。あっちからのお願いだ！　どうぞして、あっちを甚三郎に添わせておくんなし……」

お葉はお楽の前にひれ伏し、許しを請《こ》うた。

身の代《しろ》に縛《しば》られているわけではないお葉にそこまでする道理はなかったのだが、後《あと》足《あし》で砂をかけるような真似だけはしたくなかった。

それにお楽には、いや、お楽だからこそ、甚三郎との門出《かどで》を祝ってほしかったのである。

やがて、お楽はお葉の気持が変わらないと見るや、お葉の幸せを心《しん》から願ってくれるようになった。

「喜久治、幸せになるんだよ。あたしもさァ、本心を言えば、つくづく、おまえはよい男を選んだと思うよ。日々堂甚三郎といえば、男の中の男だもんね！　女ごなら、誰だって惚れちまう……。辰巳《たつみ》芸者が何人言い寄ったことか……。ところが、甚三郎って男はそんじょそこらの女ごに靡《なび》く男じゃない！　ところが、相手が誰であれ洟《はな》も引っかけなかったあの甚三郎が、喜久治、おまえにぞっこんになったんだからさ……。こんな福徳の百年目があろうかよ！　ああ、あたしはもう繰言《くりごと》は言わない。悦んで、おまえを送り出してやるよ！」

ところが、そんなふうにして甚三郎の後添いに入ったというのに、運命とはなんと皮肉なものであろうか……。

お葉の幸せはわずか半年しか続かず、八朔《はっさく》（八月一日）の日、甚三郎は心《しん》の臓の発《ほっ》作《さ》で呆気《あっけ》なく三十六年の生涯を閉じてしまったのである。

それで、お葉が便り屋日々堂の女主人《おんなあるじ》として甚三郎の忘れ形見《がたみ》清太郎や見世を支えていかなければならなくなったのであるが、お楽はもう一度芸者に戻る気はないかと一度は訊ねてみたものの、お葉にその気がないと見るや諦めて、その後はお葉が日々堂の女主人として精進《しょうじん》する姿を見守り続けてくれたのである。

この女《ひと》は、あたしのおっかさん……。

お葉は常にそんなふうに思ってきたのである。

そのお楽が、生命《いのち》の灯を消そうとしているとは……。

「おかあさん、嫌だよォ……。目を醒《さ》ましておくれよ！」

お葉が堪りかねたように、悲痛の声を上げる。

「おかあさん、夕べから喜久治、喜久治って、何度おまえさんの名前を呼んだだろう……。悔しいけど、あたしの名も呼ばなきゃ、喜久寿の名も呼ばない……。おかあさんにとって、どれだけおまえさんが大切な娘だったのか、改めて解ったよ……」

福助が呟く。

「あたしだって同じさ……。おかあさんは実の母も同然。ううん、本当のおっかさんより、この女《ひと》のほうがあたしのおっかさんだったんだから……」

お葉は愛《いと》おしそうにお楽に目をやった。

と、そのときである。

お楽がうっすらと目を開けた。

「おかあさん！　お葉、ううん、喜久治だよ。喜久治が来たんだよ！」

お葉が屈《かが》み込むようにして、お楽の耳許《みみもと》に囁《ささや》く。

「喜久治……。ああ、本当に喜久治だ……」

お楽は蒲団《ふとん》の中で微《かす》かに手を動かした。

お葉がすっと蒲団に手を差し込み、お楽の手を握る。

「そうだよ、あたしはここにいるからね！」

「やっぱり、元吉《もときち》がおまえを呼んでくれたんだ……」

お葉の胸がきやりと揺れた。

「おかあさん、元吉って……。おかあさんが産んだ、あの元吉のことを言ってるのかえ？」

「元吉がね、迎えに来たんだ。一緒に行こうって……。三十路《みそじ》過ぎの男だったが、あたしにゃすぐに元吉だと判ったよ。けどね、あたし、喜久治に逢うまでは駄目だ、待ってくれって言ったんだ……。そしたら、あの子、永いこと待って待ちくたびれたけど、あと少しなら待ってもいいよって……」

途切《とぎ》れ途切れに、お楽が顫《ふる》える声を絞《しぼ》り出す。

ああ……、とお葉は肩息を吐き、福助と顔を見合わせた。

一年ほど前のことである。

血の道にかかり気弱になったお楽が、かつて子を産んだことがあると初めてお葉に打ち明け、消息を探《さぐ》ってくれと頼んだのである。

「生きていれば、三十三歳になるかね……。あたしが芸者をしていた頃のことでね。その頃、あたしには好いた男《ひと》がいてさ。妻子持ちで、しかも、あたしを身請《みうけ》して妾《めかけ》にするほどの財力のない男だったが、それでも、惚れて惚れて、この男《ひと》のためなら生命《いのち》を投げ出しても惜しくはないと思った……。むろん、喜之屋の先代はいい顔をしなくてさ。そんな甲斐性《かいしよう》のない男とは切れてしまえと迫られたんだよ。だから、あたしたちは人目を避けて裏茶屋這入《うらぢややばいり》（密会）をするようになってね。お腹《なか》に赤児《やや》が出来たと知ったときも、懸命に隠そうとしたのさ。中条流《ちゆうじよう》で子堕《こおろ》しが出来なくなるまで隠し通せば、その男《ひと》も観念して、あたしを身請するだけの金を工面《くめん》してくれるのじゃなかろうかと思ってさ……」

お葉は驚いて訊ねた。

「じゃ、おかあさんが赤児《やや》を産んだってことは、その男《ひと》は身請してくれたんだね？」

だが、お楽は苦渋《くじゆう》に満ちた顔をして、首を振った。

「その男《ひと》ね、そのつもりになってはくれてたんだよ。けど、お腹の子が六月《むつき》に入り、もう世間の目をごまかせないってところまで来たときに、急死してしまってね。卒中《そつちゆう》だったと聞いてるけどさ……。先代はあたしのお腹にその男《ひと》の赤児《やや》がいると知り、激怒してね。けど、子堕しをしようにも、すでに遅し……。結句、あたしは子を産むまで葛西の百姓家に預けられることになり、生まれた子は産婆《さんば》の手で里子に出された……。男の子だったんだよ」

お楽は以来一度もその子に逢っていないと言った。

が、それから十年ほどして、当時赤児《やや》を取り上げた産婆に偶然深川で出会《でくわ》し、我が子の消息を訊ねたところ、日本橋檜物町《にほんばしひものちよう》の紅師《もみし》（紅花染《べにばなぞめ》の職人）の家に貰われて行ったことが判ったのである。

産婆は、おまえが産んだ子は、おまえの手を離れたその瞬間から、おまえの子ではなくなったんだ、まかり間違っても、逢おうなどと思うんじゃない、現在《いま》、あの子は紅師の息子として、将来は一人前の紅師になるべく育てられてるんだから、その芽を摘《つ》むようなことをしてはならない……、と言い、名前も教えてくれなかったという。

お楽は息子のことは忘れようと努《つと》めた。

ところが、先《さい》つ頃《ごろ》、毎晩のように息子が夢枕に立ち、おっかさん、おっかさん、なんでおいらを捨てたんだ……、と囁くようになったという。

「十歳ほどの見たこともない男の子なんだけど、ああ、これがあたしが産んだ子に違いない、今頃になってあたしの前に現れて恨み言を言うのは、あの子が幸せじゃないからなんだ……、そう思うと、堪らなくなってさ……。おかしいだろう？　だって、生きていれば、あの子は今年三十三歳になってるんだよ。しかも、あたしは生まれたばかりの赤児《やや》を一度見たきりだというのに、現在《いま》になって、十歳ほどの子供の姿で現れ、恨み言を募《つの》るんだからさ」

お楽は不思議そうに首を傾げた。

お楽が産婆に再会したとき、その子は十歳……。

思うに、その時点で、お楽の子への想いが止まってしまい、以来、思い出すこともなかったのであろう。

お葉は友七親分に頼み、日本橋檜物町の紅師を探ってもらった。

それで判ったことは、お楽の息子を貰い受けたのは、紅師半次郎《はんじろう》夫婦で、子の名前は元吉……。

半次郎は人別帳《にんべつちょう》に、元吉は妾腹《しょうふく》の子だが我が子に違いないと記載していたそうである。

が、友七は、半次郎は仕事一筋の男で余所の女ごに子を孕《はら》ませるような男ではないので、元吉がお楽の子と思ってまず間違いないだろう、と言った。

だが、なんということ……。

元吉は十歳の時に、仕事場の紅花を浸《ひた》した桶《おけ》に頭を突っ込み、溺死《できし》していたのである。

しかも、元吉を目の中に入れても痛くないほどに溺愛していた半次郎は、以来、仕事が手につかず酒を飲んで辛さから逃げるようになり、元吉が死んで三年後、吐いたものを喉に詰まらせ亡くなったというのである。

おまけに、女房のほうはといえば、元吉の死後すぐに離縁して、どこにいるのかさえ判らないというのであるから目も当てられない。

それゆえ、元吉がお楽の産んだ子かどうかしかと判らないが、元吉が十歳で亡くなり、お楽の夢枕に立った子も十歳くらいだというのであるから、偶然にしても出来すぎた話で、やはり元吉はお楽の息子と思いたくなってしまうのだった。

結句、そのときは、お葉も友七もお楽の夢枕に立ったのは元吉で、元吉は恨み言を募ったのではなく、産んでくれて有難うと言いたかったのではなかろうかと結論づけることで、胸に折り合いをつけたのである。

お葉は友七に言った。

「ねっ親分、元吉って子が死んだことをおかあさんに告げるのがあまりにも辛いんで、捜《さが》したけど見つからなかったと嘘《うそ》を吐《つ》こうかと迷ってたんだけど、ありのままを話したほうがいいよね？　おかあさんには元吉が十歳まで半次郎夫婦の下《もと》で可愛がられ、幸せに暮らしていたことを告げ、だから亡くなってからも、この世に送り出してくれたおかあさんに感謝しているんだよって言ってやるほうがいいよね？　あたしが同じ立場なら、本当のことを知りたいと思うもの……。本当のことを知ったうえで、待っていておくれよ、あたしがあの世に行ったら、今度こそ、母子《おやこ》として仲良く暮らそうねって冥福を祈ってやりたい……」

それで、お葉は正直に告げることにしたのであるが、話を聞いたお楽は憑《つ》き物でも落ちたかのように元気を取り戻した。

おそらく、元吉が十歳で亡くなるまで紅師夫婦に可愛がられて幸せに暮らしていたと知り、心《しん》から安堵したのであろう。

お楽は床上げをすると、福助に跡目《あとめ》を継《つ》がせ、隠居という形で喜之屋を見守ることにした。

ところが、一旦は元気を取り戻したかに見えたお楽が、一月《ひとつき》後、再び床に就いてしまったのである。

お楽は肝の臓を患い、手の施しようがない状態になっていた。

それからというもの、お楽の病状は一進一退《いっしんいったい》で、これまで何度、お葉は危篤と聞いて喜之屋に駆けつけたことだろう……。

だが、此度だけは覚悟しなくてはならないだろう。

お楽の顔には、それほどありありと死相が表れていたのである。

「大丈夫だよ、おかあさん。元吉さんはまだ待ってくれるさ！　急いで傍に行くことはないんだよ」

お葉は声を顫わせた。

「喜久治……、あの世で日々堂の旦那に逢ったら、おまえが立派に見世を支えていると伝えようね……」

お楽の声はすでに聞き取れないほど か細くなっていた。

「てんごうを……。伝えなくていいんだよ。甚さんはいつもあたしの傍にいてくれるんだからさ……」

お葉の目に涙が盛り上がる。

おかあさんって女《ひと》は……。

今際の際に、そんなことを言うなんて……。

「喜久治……、喜久治……、おまえに逢えてよかった……。おまえはあたしの娘……。息子との縁は薄かったが、あたしはおまえのことを娘と……。けど、もうあの子の許《もと》に行ってやらなきゃ……」

お楽はそう言うと、目を閉じた。

「えっ……、待ってよ、おかあさん！　嫌だ、嫌だ、逝《い》かないでおくれよ！」

お葉が甲張《かんば》った声を上げ、福助がさっと傍に寄り、お楽の脈を取る。

福助はお葉の顔を見ると、首を振った。

お葉はわっと獣《けもの》のような声を上げると、お楽の身体に突っ伏した。

「嫌だよ、おかあさん！　あっちを置いて逝かないでおくれよ……。あっちこそ、おかあさんに逢えてどんなに幸せだったか……。おかあさん、おかあさん……、あァん、あァん、あっちを置いて逝くなんて酷いじゃないか……。おかあさん、いや、おまえはあっちのおっかさん！　おっかさん、戻って来ておくれよ……」

お葉は幼児のように泣きじゃくった。

その背を、そっと誰かが擦《さす》った。

「女将さん、辛いですね……。いいんですよ、泣いても……。うんとお泣きなさい」

あっと、お葉は顔を上げた。

てっきり福助だろうと思ったが、なんと、おはまがお葉の背中を擦っているではないか……。

「おはま、おまえ……」

お葉がおはまの胸に縋り、再び、ワッと泣き崩《くず》れる。

「お泣きなさい。思い残すことなく泣いていいんですよ」

おはまはお葉の背を擦り続けた。

お楽の野辺送《のべおく》りが滞《とどこお》りなく終わり、いよいよ明日は大晦日《おおつごもり》である。

お楽の死に直面して身も世もなく泣き崩れたお葉であったが、涙という涙を流しきってしまうと、通夜、野辺送りを毅然《きぜん》とした態度で貫《つらぬ》き、喪主の福助を支え続けた。

むろん、日々堂の女将としての務めにも抜かりがなく、お葉を案じてご機嫌《きげん》伺いに来た友七親分が驚きの声を上げたほどである。

「なんと、おめえって女ごは……。俺ヤ、おめえがお楽の身体に縋って身も世もねえほど泣き崩れたとおはまから聞いたもんだから、心配《しんぺえ》して来てみたんだが、なんと、けろりとした顔をしているばかりか、憑き物でも落ちたかのようにさばさばしてやがる……」

搗きたての餅を運んで来たおはまが、くすりと笑った。

「そりゃそうですよ。女将さんはね、胸に溜《た》まった澱《おり》をすべて吐き出しちまったんですもの……」

「澱とは？」

友七がとほんとした顔をする。

おはまが長火鉢の猫板《ねこいた》の上に、餅と下ろし大根の入った小鉢を置く。

「餅を下ろし大根と醬油《しょうゆ》でお上がってみて下さいな。搗きたてでないと食べられない味ですよ」

そう言うと、おはまはお葉の顔を見て、頰を弛めた。

「女将さんね、おっかさんのときにしたくても出来なかったことを、お楽さんにあったってことかしら……。お楽さんは女将さんのおっかさんであり、久乃さんの身代わりでも……、というか、お楽さんは女将さんのおっかさんであり、久乃さんの身代わりでもあったってことかしら……。久乃さんの場合はあんな形で最後の最後まで逃げられちまったでしょう？　母娘《おやこ》としての会話もなければ触れ合いもなく、女将さんにしてみれば、咀嚼《そしゃく》できない澱のようなものが胸に溜まったって不思議はありませんからね。けれども、お楽さんは女将さんが駆けつけるまでちゃんと待っていて下さった……。最後の瞬間まで、母娘《おやこ》としての情が交わせたんですものね。あたしね、喜之屋の見習が、女将さんがお楽さんの見舞いに来られたが、こうこうしかじかで帰宅が遅くなるかもしれないと知らせに来たとき、これはもしかすると……、と胸騒《むなさわ》ぎがしましてね。それで喜之屋に駆けつけてみたところ、案の定、たった今お楽さんが息を引き取ったところのようで、病間から女将さんの猛《たけ》り狂ったような泣き声が聞こえてくるじゃないですか……。あたし、あんな女将さんの姿を初めて見たものだから、しばらく立ち尽《つ》くしていたんですが、女将さんがお楽さんのことをおかあさんではなく、おっかさんと呼んでいるのを見て、ああ、女将さんはお楽さんに久乃さんの姿を重ね合わせているのだな、と思いましてね……。だったら泣かせてあげよう、思いの丈《たけ》を吐き出させてあげようと思って……」

おはまが、ねっ、そうですよね？　とお葉に目まじする。

お葉は照れ臭さを隠すかのように、ふふっと笑った。

「嫌だよ、おはまは……。猛り狂っただなんて人聞きの悪い！　ああ、泣いたさ……。あんな姿は決して清太郎には見せられないね。けど、そのお陰で、何もかもが吹っ切れたみたいでさ……。喜之屋のおかあさんがあたしを助けてくれたんだと思うと、どんなに感謝しても、し尽くせないほどだよ」

友七も納得したとばかりに頷いた。

「おめえにゃ久乃の死がよほど応えたんだろうて……。考えようによっては、ありゃ仕打ちといってもいいからよ。幼《おさね》ェ娘を放り出し、亭主を死に追いやったばかりか、死ぬ間際になって戻って来て、これ見よがしに娘にだけは知らせるなと言って、おめえの心に悔いを残すような死に方をしちまったんだもんな……。それが証拠に、おめえは何日も床に就く羽目《はめ》になり、それでもまだ悶々《もんもん》としていたところ、お楽の死に直面した……。おめえ、確かに、お楽に救われたのかもしれねえな。久乃の死では泣けなかった涙を、お楽の前ですべて流し切っちまったんだからよ……」

お葉が素直に頷く。

「これですっきりとしたよ。喜之屋のおかあさんの場合は、肝の臓を病んでいると聞いたときから、この日が来るのを覚悟していたからね。それにさ、おかあさんがあたしの駆けつけるのを待っていてくれたことが何より嬉しくってね……。あの女《ひと》ね、あたしの手を握り、おまえに逢えてよかった、おまえはあたしの娘……、と言ってくれたんだよ。その言葉にどれだけ勇気を貰えたことか……。くしくしするのは今日だけにしよう、明日からまた、前を向いて生きていこうって思った……」

「つくづく、お楽さんは出来た方でしたよね。現在《いま》だから言いますが、お楽さんね、女将さんが旦那の後添いに入ることになったとき、わざわざ日々堂を訪ねて見えたんですよ」

おはまの言葉に、お葉は目をまじくじさせた。

「おかあさんが日々堂に……。いったい、何をしに……」

「いえね、旦那と亭主、あたしの三人を並べて、不肖の娘ですがよろしく頼みます、と頭を下げられてね……。お楽さんね、きっと、あたしのことが心配だったのじゃないかしら？　というのも、お咲《さき》（甚三郎の先妻）さん亡き後、あたしが女衆や勝手方を束ねてきたもんだから、お楽さんから見れば、あたしは姑《しゅうとめ》のようなもの……。それで、其者《それしゃ》上がりで勝手仕事のひとつもできない後添いを、あたしがいびるとでも思ったのじゃないかと……」

「まさか……。おはまがあたしをいびるわけがない！　だって、おまえは陰になり日向《ひなた》になりしてあたしを支えてくれ、いつだって、出来損《できそこ》ないのあたしを立ててくれたじゃないか」

お葉が慌てる。

「ええ、あたしは女将さんのことが大好きですからね。というか、可愛くってさァ……。勝手仕事なんて端《はな》から当てにしていませんよ。それより、日々堂の女将として、凜《りん》としていて下さればいいんですから……。その点では、ひと目見たときから、女将さんは合格！　ところがさ、あたしはそう思っていても、世間の目はそうはいかない……」

おはまが苦笑《にがわら》いをする。

「それで、おはまはなんと答えたのさ」

「正直に言いましたよ。日々堂の女将は勝手仕事なんかしなくてよい、女将としてでんと構え、店衆に目を光らせてくれればいいのだからって……。そしたら、お楽さんたら眉を開き、それなら委せておいてくれ、喜久治という女ごは俠《きゃん》で鉄火肌《てっかはだ》ときて、あの伝法《でんぽう》さには男もたじたじなんだから、と腹を抱えて笑うじゃありませんか！　あたし、ああ、この女《ひと》は女将さんのことを我が娘《こ》のように思ってるんだなって……。すぐに、お楽さんを好きになりましたよ」

「へえェ、そんなことがあったとはね……」

　お葉が目を細める。

「嫁ぎ先に乗り込んで、お葉のことを不肖の娘と言い切れるんだ。そりゃ、親でなきゃ出来ねえ芸当だからよ。で、そのとき、甚さんや宰領はどんな顔をしてたのかよ？」

　友七が興味津々《しんしん》といった顔をする。

「うちの男《ひと》はもじもじするばかりで、何も言いませんよ。一方、旦那はといえば、晴れて女将さんと所帯が持てるんだもの、でれりと脂下《やにさ》がっちまって、何を言われようと上《うわ》の空……。まっ、旦那は端から女将さんとあたしが甘《うま》くいくと解っていなさったんでしょうよ」

「まっ、甚さんなら、そうだろうて……」

友七がそう言ったときである。

厨側の障子がガラリと開き、おちょうが顔を出した。

「嫌だ、おっかさんは！　こんなところで油を売ってちゃ駄目じゃないか……。まだあと三臼《みうす》も餅を搗かなきゃならないんだからね！」

おちょうが甲張った声で鳴り立てる。

「あら大変だ！　娘に叱《しか》られるようになったとは、あたしも焼廻《やきまわ》っちまったもんだね……」

おはまはひょいと肩を竦《すく》め、慌てて厨に戻った。


そして、今宵は大晦日である。

日々堂の店衆は晦日蕎麦《みそかそば》を食べて使用人部屋に引き上げた後であるが、厨では、おはまの陣頭指揮の下、重箱にお節《せち》を詰めたり翌朝の雑煮《ぞうに》の下拵《したごしら》えに追われていた。

一方、茶の間では、お葉と正蔵が翌日店衆に配るお年玉をぽち袋に入れたり、年始廻りの仕度に余念がない。

「いつになったら、店衆のお年玉に小粒《こつぶ》（一分金《いちぶきん》）を振る舞えるようになるんだろうか……。あたしがここに来て、三回目の正月ってことになるけど、いまだに小白《こじろ》（一朱銀《いっしゅぎん》）二枚なんだもんね」

お葉がそう言い、溜息《ためいき》を吐く。

「何言ってやす……。小僧にまでお年玉を配るお店《たな》がどこにありやしょう。しかも、年功に関係がなく、皆、一律というのだから、朝次なんて腰を抜かすのじゃなかろうか……。それに、正月が過ぎればすぐに藪入りが来るが、これは旦那がいなさった頃からの風習で、里下りしなかった店衆に報奨金《ほうしょうきん》が下されるんでやすからね。日々堂の店衆はなんという果報者……」

「だって、それは当たり前じゃないか！　便り屋の仕事には待ってくれがないんだからさ。正月であろうと藪入りであろうと、年中三界暇《ねんじゅうさんがいひま》なし……。他人《ひと》が愉しんでいるときにも働かなきゃならないんだから、せめて、そのくらいの褒美《ほうび》をやらなきゃ……」

お葉が言う。

正蔵は呆《あき》れ顔をした。

「いや、別にそれが悪いと言っているわけじゃねえんで……。日々堂の気扱《きあつかい》には店衆もいたく感謝し、ますます気合を入れて我勢《がせい》しよう（頑張ろう）って気になるんでやすからね。それに、おはまが言ってやしたぜ。藪入りに里下りしなかった店衆のために、夕餉膳《ぜん》に馳走《ちそう》が並ぶのは、女将さんが女主人になられてからのことで、旦那がいなさった頃には考えられなかったことだと……」

「ああ、そのことね……。だって、それは男の旦那にはそこまで気が廻らなかったってことでさ。あたしはさァ、きっと里下りした者は久々に家族に囲まれ美味《おい》しいものを食べるんだろうな、と思ったもんだから、つい……」

「それが偉《えれ》ェというんですよ！　おはまが言ってやしたからね。自分は永いこと日々堂の勝手方を仕切ってきたのに、そこまで気が廻らなかったって……」

正蔵がそう言ったときである。

おはまが歳徳棚《としとくだな》に供える御神酒《おみき》や米、塩といったものを盆に載《の》せ、茶の間に入って来た。

歳徳棚とは年神《としがみ》である歳徳神《としとくじん》を祀る祭壇のことで、恵方《えほう》に向けて設《もう》けられる。

祭壇にはすでに餅や榊《さかき》、蠟燭《ろうそく》が供えてあるが、ここに米や塩、御神酒が加わり、元日の朝一番に若水《わかみず》を汲《く》んで供えることになっていた。

「えっ、誰が気が廻らないんだって？」

おはまが歳徳棚に供え物を置きながら言う。

「なんでェ、聞こえていたくせしてよ！　もちろん、おめえのことに決まってらァ」

おはまが正蔵にべっかんこうをしてみせる。

「ああ、気扱にかけては、あたしは女将さんに敵《かな》いませんよ！　それに女将さん、この男《ひと》が言ったことは本当のことでしてね。あたしは女将さんが里下りしなかった店衆に馳走を振る舞うようにと言われたことで、ますます女将さんに心服《しんぷく》してしまいましたからね」

「止しとくれよ！　あたしゃ、褒《ほ》められるのに慣れていないんでね。尻こそばゆくなっちまう……。あたしのほうこそ、二人には感謝してるんだよ。おまえたちがいなかったら、今日まで日々堂の女将は務めてこられなかっただろうからさ……。このとおりだ。有難うよ！　来年もひとつよろしく頼むよ」

お葉が改まったように、深々と頭を下げる。

正蔵とおはまが慌てる。

「女将さん、頭を上げて下せえ！　あっしらのほうこそ、来年もよろしくお願《ねげ》ェ致しやす……」

三人は顔を見合わせ、どちらからともなく、ふっと頰を弛めた。

そのとき、永代寺から除夜《じょや》の鐘《かね》が響いてきた。

「おっ、鳴り始めやしたぜ」

「一つ目だね……」

お葉とおはまが耳を澄ませる。

と、しばらく間を置いて、二つ目がゴォーン……。

「この一年、さまざまなことがあったよね」

お葉が呟く。

おそらく、お葉は久乃とお楽のことを考えているのであろう。

だが、悪いことばかりではない。

おてるは米倉の養女となり、みすずは文哉の養女に……。

そして、おこんは離れ離れとなっていた娘のおみえに再会し、現在《いま》は茂原《もばら》で共に暮らしている。

それに、これはこれからのことであるが、おさとは年明け早々にも靖吉と祝言を挙げられるかもしれないし、おちょうは友造と……。

良いこともあれば悪いこともある。
それが、生きるということ……。
が、願わくば、哀しいことより嬉しいことのほうが多くあってほしい。
ゴォーン……。
三つ目の鐘が鳴る。
去年今年《こぞことし》……。
どうぞして、悪《あ》しきことや煩悩は、この鐘の音《ね》と共に流れていきますように……。
お葉はそう願わずにはいられなかった。

春襲
<small>はるがさね</small>

お葉が使用人のために借りている蛤町の仕舞《しも》た屋から戻って来ると、正蔵が待ち構えていたとばかりに、お話がありやして、と声をかけてきた。

「話？　ああ、あたしもおまえに相談があるんだよ。お茶を淹《い》れるから茶の間に来ておくれ」

お葉はそう言うと、茶の間に入って行った。

「女将《おかみ》さんがあっしに相談とは、いってえ……」

「そうだ、おはまにも聞いておいてもらったほうがいい……。おはま、おはまァ！」

お葉は厨側《くりやがわ》の障子《しようじ》を開けると、おはまを呼んだ。

おはまが前垂《まえだ》れで手を拭《ぬぐ》いながら入って来る。

「お帰りなさいませ。それで、大島町《おおしまちよう》の裏店《うらだな》はどうでした？」

お葉は渋顔《しぶがお》をして、肩を竦《すく》めてみせた。

「どうもこうもないよ、あんなぼろ長屋！　大家が障子を張り替え、畳替《たたみが》えもしてくれると言うんだが、そんなことをしたところで、トントン葺《ぶ》き（こけら葺き）の板は剝《は》がれかけているし、木舞壁《こまいかべ》はといえば、壁土が剝がれて木舞が剝《む》き出しになっている有様《ありさま》でさァ……。まっ、部屋の広さは二間《けん》、二間で、六畳間が一つに二畳ほどの土間や縁側もあって夫婦二人なら打ってつけなんだが、何しろ普請《ふしん》が古くてね……。それで店賃《たなちん》が千文《もん》というんだから、話にもならない！」

お葉は長火鉢《ながひばち》の前に坐《すわ》ると、茶の仕度《したく》を始めた。

「そうでしたか……。大島町なら近くて、友さんやおちょうがここに通いやすいと思ったんですけどね」

おはまが失望したように太息《ふといき》を吐《つ》く。

「それでさ、帰りに蛤町の仕舞た屋を覗《のぞ》いてみたんだよ」

「えっ、現在《いま》、戸田さまや友さんたちが住んでいる、あの仕舞た屋ですか？」

お葉は仕こなし顔に頷《うなず》いた。

「灯台もと暗しとはこのことだ……。大島町のぼろ長屋を見てきたばかりなんで余計にそう思ったのかもしれないが、普請だけ見ても雲泥《うんでい》の差！　しかも、あそこは一階に六畳間が二つと四畳半に厨があり、二階に六畳と三畳の部屋があって、現在《いま》住んでいるのが戸田さまと友造、佐之助、六助、与一《よいち》の五人だからね……。それで思ったんだが、戸田さまに一階に移ってもらうことにして、二階の六畳と三畳を友造、おちょうの新居にしてはどうだろうかと……」

「あっ、なるほど……。戸田さまが一階の六畳間に移れば、もう一つの六畳に六助と与一が入り、四畳半に佐之助が……。一階と二階に別れていれば、友造もおちょうも他の者に気を遣《つか》わなくて済むってことか！」

正蔵が目から鱗《うろこ》が落ちた顔をする。

「それなら新たに店賃を払うこともなく、ええ、あたしも賛成ですよ」

おはまも頷く。

「それに、あそこを新居にっていうのであれば、祝言《しゅうげん》の日取りがいつになろうと構わないってことだからさ……。日々堂の都合で日取りが選べる」

お葉がそう言うと、おはまの顔につと翳《かげ》りが過《よ》ぎった。

「その日取りのことなんですけどね……。話が決まったからには、おちょうのほうはいつでも構わないんですけど、この間、うちの男《ひと》が友さんに祝言を挙《あ》げるとしたら季候のよい三月か四月はどうだと訊《き》いたところ、友さんが、もう少し先にしてくれないか、と答えたというんですよ……」

お葉が驚いたように正蔵を見る。

「えっ、そうなのかえ？　いったい、なぜ……。だって、この前はおちょうと所帯が持てるなんて夢みたいだと悦《よろこ》んでいたじゃないか！」

正蔵が困《こう》じ果てた顔をする。

「それが、はっきりと理由《わけ》を言わなかったんでやすが、あっしが思うに、あいつ、七歳のときに自分と妹を置いて姿を消した父親《てておや》や、そのとき別の家に引き取られていった妹のことを気にしているのじゃねえかと……」

「じゃ、行方《ゆくえ》を捜《さが》そうとしているのかえ？」

「幼《おさね》ェ兄妹《きょうでえ》を置き去りにした父親《てておや》のことはどうでもいいんだろうが、妹がその後どうなったかが気になるようでしてね……。妹が不幸な身の有りつきをしているかもしれねぇというのに、てめえだけが幸せになるのは悪いとでも思っているのかもしれやせん」

「けど、これまで判《わか》らなかったものが、現在《いま》になって突然判るとも思えないが……。第一、妹の消息が判るまで祝言を挙げられないのでは、友造はいつになってもおちょうと夫婦《めおと》になれない可能性があるんだよ？」

お葉が眉根《まゆね》を寄せる。

「確かにそうなんだが……。いえね、友造の奴、これまでは自《みずか》ら進んで妹の行方を捜そうとしていなかったらしく、そのことを悔《く》いてるんじゃねえかと……。それで、おちょうとの縁談が決まったこの際、自分に出来る範囲内で、妹の行方を捜してみようと思っているのじゃねえかと……。というのも、祝言を先延ばしにするとして、いってえいつ頃までなのかとあっしが友造に訊《たず》ねると、せめて秋口まで待ってほしいと言いやしたからね……。あいつはあいつなりに、そこで区切《けじめ》をつけようと思っているんでしょう。それで、あっしもあいつのやりてェようにやらせてみようと思いやしてね」

いかにも四角四面《しかくしめん》で実直な友造らしい……。

秋口といえば、現在《いま》からほぼ七月《ななつき》ある。

友造はそれまで捜せるだけ捜して、それでも見つからなければ、そこで我が心に区切をつけようと思っているのである。

「ああ、解《わか》ったよ。だったら、友七親分にも相談してみようじゃないか！　餅《もち》は餅屋《もちや》で、喜之屋のおかあさんの場合も、生まれてすぐに引き離された息子の消息を探《さぐ》り当ててくれたからね」

お葉は了解したとばかりに頷いた。

「さっ、お茶をお上がり。ところで、正蔵の話というのはなんだえ?」

正蔵は湯呑《ゆのみ》を摑《つか》もうとした手を、慌《あわ》てて引っ込めた。

「そのことでやすが、実は、政女さんのことでしてね……。というのも、年が明けて、雇人《やといど》(臨時雇い)の必要がなくなったわけでやしょう?」

「確か、当初の話では、一膳飯屋《いちぜんめしや》か蕎麦屋《そばや》の下働きを探してほしいということだったように思うが、おまえ、探していなかったのかえ?」

「いえ、探していやしたし、一膳飯屋の小女《こおんな》の口がありやしたよ。けど、あっしが思うに、政女さんには客商売《きやくしようべえ》は合わねえのじゃねえかと思いやしてね。それより、このまま日々堂を助《す》けてもらったほうがいいのじゃねえかと……。というのも、師走《しわす》のあの怱忙《そうぼう》を極《きわ》める最中《さなか》、あの女《ひと》に助《すけ》っ人《と》としていてもらえて、どれだけ心強かったか……。しかも、仕分け作業ばかりか、小僧の指導から代書まで熟《こな》してくれ、大助かりでやした」

「けど、おまえはそう言うけど、日頃、うちは雇人なんて必要ないし、町小使《まちこづかい》(飛《ひ》脚《きやく》)と小僧だけで便り屋の仕事は廻《まわ》していけるんだからね」

おはまが割って入る。

正蔵はムッとしたように、おはまを睨《ね》めつけた。

「だから、話は最後まで聞けっつゥのよ！　いえね、おはまが言うように、日頃は政女さんの手を借りなくても便り屋は廻していけやす……。とはいえ、代書は戸田さまの都合で一日置きなもんだから、すべてが万全《ばんぜん》というわけでもねえ……。それで思うんだが、政女さんにはこれからも戸田さまと交替で代書をしてもらうことにして、便り屋の仕事がねえときには、勝手方を手伝うってことにしちゃどうかと……。なっ、おはまも言っていただろう？　現在《いま》でも勝手方は手が足《た》りないというのに、おさとが嫁に行ったらどうなるんだろうかと……。だからよ、政女さんに勝手方に入《へえ》ってもらうのよ！　そうすりゃ、便り屋が忙しくなれば便り屋のほうに廻れるってもんで、政女さんにしてみても、一膳飯屋の小女になるよりか、よっぽどそのほうがいいはずだからよ……」

「まっ、そりゃそうなんだけどさ……」

どうやら、おはまは政女が気に食わないというより、正蔵が政女に肩入れをするのが面白《おもしろ》くないようである。

お葉はふっと頰《ほお》を弛《ゆる》めると、正蔵に目を据《す》えた。

「あたしには異存がないが、それで政女さんはどう思ってるんだえ？　すでにあの女《ひと》の腹を確かめてから言っているんだろうね？」

「いえ、それはまだ……。まずは女将さんの意見を聞いてからでないと、と思いやしてね」

「だったら、あたしは構わないよ。で、おはまはどうだえ？」

「ええ、あたしも異存ありませんけど……。といっても、あの女《ひと》に勝手仕事が出来るんだろうか……」

おはまがそう言うと、お葉がくすりと肩を揺《ゆ》らす。

「出来るに決まってるじゃないか！　武家の女《おな》ごといっても、あの女《ひと》は歴《れっき》とした亭主持ちなんだよ？　勝手仕事が出来ないようで女房が務まろうかよ……。といっても、中には、あたしみたいに大根《だいこん》の皮ひとつ剝けない女ごもいるけどさ！」

「そりゃそうだ！　あたしったら、何を考えているんだろう……。お武家ったって、あの女《ひと》は浪人の女房で、使用人なんて使える身分じゃないんだもんね」

おはまが笑う。

「じゃ、こちらの腹が決まったところで、早速《さっそく》、政女さんの気持を確かめてきやしょう……」

正蔵が茶の間を出て行く。

「それで、女将さんはいつ葛西に行かれるおつもりで？」

おはまがちらとお葉を窺《うかが》う。

「靖吉さんには松の内が明けたらと言っておいたんだが、なんのかんの言ってるうちに、七草《ななくさ》も過ぎちまった……」

「それなんですけどね、おさとから聞いたのですが、お百姓は十一日に鍬始《くわはじ》めをすると、小正月《こしようがつ》（一月十五日から月末まで）のうちに、その年の農耕準備にかかるそうでしてね。てことは、鍬始めまでに行かれたほうがよろしいのでは……」

「えっ、そうなのかえ？　こっちの都合ばかり考えていたのじゃ駄目《だめ》ってことなんだね？　ああ、解ったよ。では、明日か明後日《あさって》にでも行ってこようじゃないか……。おはま、おさとにその旨《むね》を伝えておくれ！」

「解りました」

おはまが厨に下がって行く。

さて、靖吉に七十路《ななそじ》を過ぎた母親と幼い娘がいることを、仲蔵にどう伝えようか……。

お葉の胸を、重苦しいものがじわじわと塞《ふさ》いでいった。

葛西行きは、翌々日の十日となった。

「洲崎《すさき》の船頭《せんどう》に渡《わたり》をつけておきやしたんで、お気をつけて行って来て下せえ」

汐見橋《しおみばし》まで見送りに出た正蔵が言う。

「ああ、解ったよ。あとのことは頼んだからね！」

お葉とおさと、靖吉の三人は、そうして洲崎から仕出舟《しだしぶね》に揺られ、中川《なかがわ》に向けて舟を漕《こ》ぎ出したのである。

おさとの実家《さと》は、舟から降りて四半刻《しはんとき》（三十分）ほど歩いたところにあった。

畑の真ん中にぽつんと藁葺《わらぶ》きの寄棟造《よせむねづく》りの家屋が建っていて、家屋を取り囲むように生垣《いけがき》が植わり、母屋《おもや》の左右に牛小屋や納屋が……。

おそらく、これが自前や小作農家の常並《つねなみ》な佇《たたず》まいなのであろう。

おさとは生垣を潜《くぐ》るとお葉を振り返り、おとっつァんに知らせてきますんで、と言い、母屋の腰高《こしだか》障子に向けて駆けて行った。

お葉が靖吉の顔をちらと窺う。

靖吉は緊張した面差《おもざ》しで、牛小屋や納屋を見廻《みまわ》していた。

どうやら、靖吉も同じ三段百姓《さんだんびやくしよう》とあり、おさとの実家《さと》の内証《ないしよ》が気になるとみえる。

「たった今、畦《あぜ》を通って来て、おさとのおとっつァんが田畑を大切《てえせつ》にしている様子がよく解りやした……」

靖吉が誰に言うともなく呟《つぶや》いた。

「だから、おさとは野菜作りに心血《しんけつ》を注《そそ》ぐおまえさんの中におとっつァんの姿を重ね、おまえさんに惚《ほ》れたんだろうさ」

「けど、おさとのおとっつァん、許してくれるだろうか……」

靖吉が心許《こころもと》ない声を出す。

「とにかく頭を下げて、ひたすら頼むんだよ……。いいね、おそらく、仲蔵さんはおまえさんにおっかさんと娘がいることに拘《こだわ》り、なぜ、そんな大事なことをこれまで黙っていたのかと責めるだろうが、隠すつもりはなかったが、これまで打ち明ける機会がなかったのだと謝るんだよ。秘密にしていたことではあたしも同罪……。平身低頭、あたしも一緒に頭を下げるからさ」

「済みやせん……」

と、そこに、おさとが戻って来た。

「どうだった？　おとっつァん、前触れもなく訪ねて来たことを怒っていなかったかえ？」

お葉が恐る恐る訊ねると、おさとは今にも泣き出しそうな顔をした。

「おとっつァん、逢《あ》いたくないって……。いえね、前もって、今日ここに来た理由《わけ》をあたしの口から話しておいたほうがよいと思い、靖吉さんのかみさんが亡くなったことを伝えたの……。そしたら、二月《ふたつき》も前に亡くなったのに、なぜこれまで自分に知らせなかったのかと、いきなり臍《へそ》を曲げちまって……。だから、あたし、そうじゃないんだ、これには理由《わけ》があり、靖吉さんの女房が亡くなってすぐに後添《のちぞ》いを貰《もら》ったのでは世間体《せけんてい》が悪いと思い、せめて一周忌が済むまではと待つつもりでいたんだけど、先《さい》つ頃《ごろ》、靖吉さんのおっかさんの具合が悪くなり、それで祝言を早めようってことになったんだと言ったんですよ……。そうしたら、冗談じゃねえ、自分は姑《しゅうとめ》がいるなんてことは聞いていないし、それでは姑の看病をさせるために嫁にくれと言ってるのも同じこと……、そんな虫のよいことを言う男に大事《でえじ》な娘がやれるかよって、ますます激怒しちまって手のつけようがないんですよ……」

「じゃ、おまえはまだおひろちゃんのことは話していないんだね？」

お葉がそう言うと、おさとは、ええ、まだ……、と項垂《うなだ》れた。

お葉と靖吉が途方に暮れ、顔を見合わせる。

姑のことだけでここまで向腹《むかばら》を立てるというのに、このうえ娘のことを持ち出せば……。

が、そのときである。

戸口から、三十路《みそじ》もつれの男が姿を現した。

さほど背は高くないが、浅黒く日焼けしたがっしりとした体軀《たいく》の男で、どうやらおさとの兄のようである。

「おさと、いいから女将さんと靖吉さんに入《へえ》ってもらいな！」

男はそう言うと、額《ひたい》の捻《ねじ》り鉢巻《はちまき》を取り、辞儀をした。

「おさとの兄、卓一《たくいち》でやす」

お葉も慌てて頭を下げる。

「便り屋日々堂の女将、お葉にございます」

靖吉も後に続く。

「寺嶋村の靖吉にござぃやす。いきなり訪ねて来て申し訳ありやせん」

「なに、いつかお見えになると思ってやしたんで……。さあ、どうぞ中にお入《へえ》り下せえ」

「けど、仲蔵さんが……」

「親父《おやじ》はカッカしてやすが、あんまし急なことだったんで、心の準備が出来てねえだけで……。なに、内心じゃ、おさとのことはとっくに認めてやしてね。女ごは惚れた男と一緒になるのが一番だ、と自分に言い聞かせるように言ってやしたからね……」

お葉は靖吉に目まじした。

「では、上がらせてもらおうじゃないか。せっかく来たんだもの、逢わずに帰るなんてことはしたくないからさ！」

そうして、三人は卓一の後に続いて戸口を潜った。

腰高障子の中は広い土間となっていて、土間の隅《すみ》に積荷《つみに》や藁、農具などが置いてあり、中央に敷《し》かれた筵《むしろ》の上で、三十路前の女ごが草鞋《わらじ》を編《あ》んでいた。

女ごも卓一に負けず劣らず日焼けしているところを見ると、どうやら卓一の女房のようである。

女ごはお葉の姿を認めると、慌てて立ち上がり、ぺこりと腰を折った。

「女房のおいちでやす。おいち、皆さんに茶を……」

卓一に言われ、おいちが板間に上がって行く。

板間には囲炉裏《いろり》が切ってあり、奥の座敷との仕切戸《しきりど》を背にした横座《よこざ》と呼ばれる席に、仲蔵が坐っていた。

仲蔵は蕗味噌《ふきみそ》を嘗《な》めたような顔をして、腕を組んでいる。

横座の右手が客座で、卓一はお葉にそこに坐るようにと促《うなが》した。

そして、客座の真向かいがかかざと呼ばれる女房席で、円座が二つ並べてあるところを見ると、どうやら、そこに靖吉とおさとを並んで坐らせる腹のようである。

そして、横座の向かいに当たる土間を背にした席がきじりで、常ならば嫁が坐る席に卓一が……。

おいちは自在鉤《じざいかぎ》から鉄瓶《てつびん》を外すと、茶の仕度を始めた。

お葉が仲蔵の前で両手をつき、頭を下げる。

「仲蔵さん、今日は前触れもなく訪ねて来て、申し訳なかったね。けれども、聞いた話では、明日は鍬始めだとか……。しかも、小正月に入ると農耕準備に追われると聞いたもんだから、何がなんでも今日でなければと思ってね……」

「ほれ、おとっつァん、女将さんはこうして気を遣って下さってるんだ。なんとか言っちゃどうだえ?」

卓一が仲蔵を促す。

仲蔵は不人相《ふにんそう》（愛想《あいそ》のない）な顔をして、ふンと鼻を鳴らした。

「粗茶ですけど……」

おいちが茶を配っていく。

お葉は意を決すと、仲蔵に目を据えた。

「おおよそのことはおさとから聞いてもらっただろうが、仲蔵さん、盆前におまえさんが日々堂を訪ねて来たとき、あたしに約束したよね？　おさとと靖吉さんのことはあたしに一任するって……。あのときの話では、病《やまい》のかみさんが亡くなったら、おさとが靖吉さんの後添いに納まることで、おまえさんも納得してくれたように思うが、違うかえ？　おまえさんは渋々《しぶしぶ》ながらも、おさとさえ幸せになれるのならと同意した……。それで、あたしが靖吉さんの腹を確かめて、その旨をおまえさんに知らせることになったんだが、靖吉さんのおさとへの思いは揺るぎないものでね……。あたしはこの男《ひと》にならおさとを託しても大丈夫だと思い、文《ふみ》にておまえさんにそのことを伝えたんだが、ここで、おまえさんに謝らなきゃならない……。あの文を書いたとき、あたしは靖吉さんに七十路を過ぎたおっかさんと五歳の娘がいることをおまえさんに知らせなかった……。いえ、誤解してもらっちゃ困るよ！　日々堂でおまえさんと話をしたあのとき、あたしはまだそのことを知らされていなかったんだからね。あたしが知ったのは、靖吉さんに腹を確かめたとき……。けど、あの時点では、靖吉さんの女房がこんなに早く亡くなるとは思っていなかったもんだから、おさとが靖吉さんの後添いに入るってことだけでも快《こころよ》く思わなかったおまえさんのことだから、姑や娘がいると知れば、せっかく二人のことを認める気になりかけていたおまえさんが、また心変わりするのじゃないかと……」

「ちょい待った！　娘だと？　おめえら、いってえどこまで俺を虚仮《こけ》にしたら気が済むのかよ！　姑ばかりか娘までいるとは、それじゃ、おさとはこの男に都合よく利用されているのも同然じゃねえか！」

仲蔵が怒り心頭に発し、ぶるるっと身体《からだ》を顫《ふる》わせる。

お葉は慌てた。

「そうじゃないんだ、利用だなんて……。おさとはね、何もかも解っていて、それでも靖吉さんの支えになりたいと、誰に唆《そそのか》されたわけでもなく、自ら靖吉さんの懐《ふところ》に飛び込んで行ったんだからね……。それが、男と女ごが心底《しんてい》尽《ず》くになるということで、女ごは惚れた男のためになら、どんな犠牲を払っても構わない……。おまえさんも知っていると思うが、おさとは靖吉さんが女房を看取《みと》るまで、何年でも待つつもりでいたんだからね。だから、あたしもいずれはおまえさんに姑と娘がいることを打ち明けなきゃいけないと思いつつも、もう少しときをかけて……、と思っていたんだよ。ところが、こんなに早くかみさんが亡くなるなんて……。おまえさんはなぜそのとき自分に知らせなかったのかと不満だろうが、あのときも、おさとを後添いに迎えるのは女房の一周忌を済ませてから、と靖吉さんが言い出したものだから、あたしもそれは人として理道《りみち》に合っていると思えてすぐに同意したんだけど、そうなると、二人が祝言を挙げるまで一年の間があるわけだ……。それで、姑と娘のことをおまえさんに告げるのは、もう少し先延ばしにしてもよいのではなかろうかと考えてね……」

「先延ばしにしようと、俺《おり》ャ、気持は変わらねえ！」

仲蔵が苦々《にがにが》しそうに吐き出す。

「そうだろうか……。さっき卓一さんから聞いたんだが、おまえさん、内心ではおさとと靖吉さんとのことを認めてたんだってね？　女ごは惚れた男と一緒になるのが一番だと言ってたそうじゃないか！　人は長いときをかけて考えれば、同じことでもあらゆる方向から考えようとするが、短い間にいろんなことが起きると、冷静さを欠いちまうもんでね……。それで、あたしも一年のときをかけてゆっくりと、と思っていたのだが、まさか、靖吉さんのおっかさんまでが病に倒れるとは……。これは誰にも推《お》し測ることが出来なかったことなんだよ。しかも、靖吉さんの周囲《まわり》から娘のために早く後添いをと声が上がり始めたというし、これはおさとにとって、むしろ追い風なのではと思ってさ……。ねっ、仲蔵さん、許してやってくれないだろうか？　娘はおひろちゃんといってね、年が明けて六歳になったんだけど、これが可愛《かわい》い娘《こ》でさ！　おさとにも懐《なつ》いているし、傍《はた》で見ていると、まるで実の母娘《おやこ》のように見えるんだよ」

お葉がそう言うと、靖吉が仲蔵の前で床に頭を擦《す》りつける。

「お願《ねげ》ェしやす！　おさとをあっしに下せえ。幸せにしやす。決して、泣かせるようなことはいたしやせん……」

おさとも靖吉の隣で床にひれ伏す。

「おとっつァん、許すと言っておくれよ！　あたし、この男《ひと》と一緒に生きていきたい。おとっつァんは靖吉さんのおっかさんやおひろちゃんのことを案じているんだろうけど、あたし、二人と仲良くやっていける！　おひろちゃんは我が娘《こ》のように可愛いし、おっかさんは靖吉さんを産んでくれた女《ひと》だもの、あたし、大事にしますから……」

「もういい！　それ以上言うな」

「えっ、じゃ、許してくれるんだね？」

「許す必要があろうかよ！　おめえはもう俺の娘じゃねえんだからよ！　二度とこの家の敷居《しきい》を跨《また》ごうと思わねえでくれ。とっとと、その男と出て行ってくんな！」

仲蔵はそう鳴り立てると、むくりと立ち上がった。

「おとっつァん！」

卓一が甲張《かんば》った声を出す。

「ちょいと、仲蔵さん、それはないだろう！　おさとにとってはたった一人のおとっつァんなんだよ。幼い頃に母親を亡くし、おとっつァんがおっかさん役まで務め、どんなに大切に育ててくれたかと、おさとはいつもおまえさんのことを誇りに思ってきたんだよ……。だからこそ、靖吉さんとのことも、おまえさんに祝福してもらいたいと思い、こうして許しを請《こ》いに来たんじゃないか！　それなのに、父娘《おやこ》の縁を切るみたいなことを言ったのでは、あまりにもおさとが可哀相《かわいそう》……。思い直してやっておくれよ！」

お葉が縋《すが》るような目で仲蔵を見る。

「…………」

仲蔵は仁王立《におうだ》ちになったまま、掌《てのひら》を握り締《し》め、全身で顫えていた。

「おとっつァん、女将さんもああ言って下さってるんだ。許すと言ってやっておくれよ！」

卓一が堪《たま》りかねたように言う。

すると、おさとがきっと顔を上げた。

「あんちゃん、もういいよ！　あたし、許してもらわなくてもいい。誰がなんと言おうと、あたしは靖吉さんと一緒になる！　二度と敷居を跨ぐなと言われたからには、あたしのほうからも縁を切ってやる！　女将さん、靖吉さん、さあ帰りましょう」

緊張の糸が切れたのだろう、おさとは激昂《げっこう》して泣き叫んだ。

「おさと、おまえ、そんなことを……」

「そうだよ、おさと。口が裂けても、縁を切るなんてことを言うんじゃねえ！」

お葉と靖吉が慌てておさとを制す。

仲蔵は唇をへの字に曲げると板戸を開け、座敷に入るやバタンと後ろ手に戸を閉めた。

「…………」

「…………」

「…………」

誰もが言葉を失い、茫然《ぼうぜん》と立ち竦んでいた。

しばらくして、卓一が口を開いた。

「親父がああなったら、もう手がつけられねえ……。とにかく、意地っ張りなんだから……」

「そうかえ……。残念だけど、仕方がないね。では、仲蔵さんの気が鎮《しず》まったら、伝えておくれ。おさとは日々堂が責任を持って嫁に出す、後添いであろうと、恥ずかしくないだけの祝言を挙げてやるつもりなんで安心しておくれと……。では、そろそろ引き上げるとしようか……。邪魔して悪かったね」

お葉が卓一とおいちに頭を下げる。

靖吉は卓一に目を据えると、

「おさとのことはあっしが護《まも》りやす。義兄《にい》さんだけにはそのことを解ってほしい……。お願《ねげ》ェしやす」

と言った。

「ああ、解ってる……。幸せになれよ！」

そうして、三人は仲蔵の家を後にしたのだった。

「おさと、元気を出すんだよ。おとっつァんだって、きっといつかは解ってくれるときがくる……」

船着場まで歩きながら、お葉が励《はげ》ますように言う。

「おとっつァん、鉄梃《かなてこ》（親父）だから……。いったん言い出したら、五分《ごぶ》でも退《ひ》かないところがあるから……。それで寂《さみ》しい想《おも》いをするのは、いつも自分なのに……」

おさとは辛《つら》そうに呟いた。

「それで寂しい想いをするとは……」

お葉が訊ねると、おさとは苦渋《くじゆう》に満ちた目をしてお葉を瞠《みつ》めた。

「あたし、他人《ひと》に言うのはこれが初めてなんだけど、女将さんと靖吉さんだから言っちゃいますね。あたしのおっかさんが亡くなったのは、あたしが十歳のときのことで、おっかさんね、何が原因なのか判らないんだけど、五日くらい家を空《あ》けたことがあって……。六日目に戻って来たおっかさんが戸口で泣いて謝るのに、おとっつァん、家に入れようとしなかった……。あたしもあんちゃんも、おっかさんを中に入れてくれと泣いて頼んだんだけど、おとっつァんが心張棒《しんばりぼう》を外そうとしなくて……。おっかさんの溺死体《できしたい》が中川に浮いたのは翌朝のこと……。おとっつァん、子供心にも見ていられないほど嘆《なげ》いてさァ……。おっかさんの身体にしがみつき、身も世もないほどに泣き崩《くず》れてね。そんなに哀《かな》しむのなら、なぜあのときおっかさんを家に入れてやらなかったのか……。おとっつァん、そのことがずっと悔いになって残っていたのか、以来、後添いを貰わず、あんちゃんとあたしを男手《おとこで》ひとつで育ててくれたの……」

お葉は驚いたようにおさとを見た。

おさとの母親に、久乃の姿が重なって見えたのである。

「それで、おっかさんが五日も家を空けた原因は？」

おさとは寂しそうに首を振った。

「終《つい》しか、おとっつァんには訊ねられなかった……。訊くと、おとっつァんが辛い想いをするのじゃなかろうかと思えて……」

ああ……、とお葉の胸に熱いものが込み上げてくる。

十歳といえば、久乃がお葉と父嘉次郎を捨てて上方に逃げた歳《とし》である。

おさとも卓一も、母親がなにゆえ五日も家を空けたのか、薄々《うすうす》、気づいていたに違いない。

それでも、父親《ておや》の前で母親のことを口に出さなかったのは、ひとえに父親《ておや》を気遣ってのこと……。

おさとと兄妹《きょうだい》と仲蔵は、それだけ強い絆《きずな》で結ばれていたのであろう。

それなのに、こんな父娘《おやこ》の別れようをしようとは……。

お葉は堪《こら》えきれなくなって、おさとの肩に手を廻した。

「おさと、辛いね。けど、これからは靖吉さんが傍《そば》についていてくれるんだ。決して、めげるんじゃないよ！」

靖吉もおさとを優しい眼差《まなざ》しで包み込む。

「おさと、俺がついているからよ!」

おさとは黙って、うん、うん、と頷いた。

その目が涙に潤《うる》んでいる。

お葉はおさとの肩に廻した腕に、ぐいと力を込めた。


「それじゃ、仲蔵さんとおさとは喧嘩《けんか》別れってことなんですか……」

おはまが呆《あき》れ返ったような顔をする。

お葉はバツが悪そうに肩を竦めた。

「許してくれるまで何遍でも頭を下げると豪語して出掛けたというのに、穴があったら入りたい気分だよ。けどさァ、仲蔵さんがあんなに情《じょう》っ張《ぱ》りだったとは……。おさとが言ってたが、いったん言い出したら、誰がなんと言おうと五分でも退かないんだって……」

「けど、盆前にここに来たときには、名主《なぬし》の次男とのあんなよい縁談があったというのに、おさとに靖吉さんという慕《した》い人がいると知るや、仲蔵さん、渋々ながらも諦《あきら》めたではないですか……。しかも、靖吉さんに病の女房がいると知ったうえでのことですよ？」

おはまが訝《いぶか》しそうな顔をする。

「そうなんだよ。それで、これはあたしがやりくじったのじゃなかろうかと思ってさ……」

お葉が溜息《ためいき》を吐く。

「女将さんがやりくじったとは……」

「だからさ、あたしが靖吉さんの腹を確かめて仲蔵さんに文を出したとき、靖吉さんがおっかさんと娘を抱えていることを正直に打ち明けておけばよかったのじゃなかろうかと……。あたしは一度に衝撃を与えたのでは、何もかもが水泡《すいほう》に帰《き》しちまうのじゃなかろうかと案じ、それで真実を小出しにする策を練《ね》ったんだが、最初《はじめ》から本当のことをすべて話したうえで、おさとがそれでも靖吉さんに添いたいと言っているのだからと頭を下げていれば、仲蔵さんもああまで拗《こじ》れなかったのじゃなかろうかと……」

お葉がそう言うと、おはまも仕こなし顔に相槌《あいづち》を打つ。

「確かに、仲蔵さんは父親《てておや》として何も相談されなかったことで、臍を曲げたのかもしれませんね……。けど、二度と敷居を跨がせないと、そこまでの啖呵《たんか》を切ることはないじゃないですか……」

「しかも、おさとまでが自分のほうから父娘《おやこ》の縁を切ってやると言ったんだから、目も当てられない……」

「間に入った靖吉さんは、さぞや立つ瀬がなかったことでしょうね」

「ああ、困じ果てたような顔をしていたよ。けど、帰り道、靖吉さんたらおさとの気持を思い遣《や》って、俺がついているので安心しな、と言ってやってね……。それでさ、こうなったからには乗りかかった船だ。近日中におさとを連れて寺嶋村に行って来ることにするよ！」

お葉がそう言うと、おはまが目をまじくじさせる。

「寺嶋村って、じゃ、靖吉さんの家に行くというんですか！」

「ああ、そうだよ。靖吉さんが親戚におさとを紹介して、祝言の日取りを決めたいと言うから、あたしは親代わりとしてついて行くことにしたのさ！　なんだえ、そんな顔をして……。今度は大丈夫だよ。靖吉さんの身内には反対する者はいないというからさ！」

「ちょ、ちょいと待って下さいよ！」

おはまが挙措《きょそ》を失い、正蔵を呼びに見世《みせ》へと出て行く。

「今、おはまから聞きやしたが、女将さん、寺嶋村に行かれるそうで……」

正蔵が慌てふためいたように、茶の間に入って来る。

「ああ、そうだが、それがどうかしたかえ？　止《よ》しとくれよ……。あたしが葛西でや、いいい、りくじったもんだから、またもや同じ轍《てつ》を踏むんじゃないかと思っているみたいだね。大丈夫だよ。靖吉さんも言ってたが、後添いを貰えとやいのやいのと言い出したのは周囲《まわり》の者で、誰もおさとを貰うことに反対する者はいないそうだからさ！」

お葉がけろりとした顔で言う。

「女将さんはまた極楽《ごくらく》とんぼなことを……。靖吉さんはおさとのことを皆にどんなふうに紹介するつもりなのか……。下手《へた》をすれば、かみさんが生きていた頃から二人が理《わり》ない仲だったってことが暴露《ばれ》ちまうんですぜ？　そんなことになったんじゃ、おさとが後添いに入《へえ》ってからが大変《てえへん》だ！　病の女房がいるというのに、亭主を寝取ったあばずれ女と思われたんじゃや、今後、おさとが寺嶋村で立行《たちいき》していきにくくなっちまう……」

正蔵が苦虫《にがむし》を噛《か》み潰《つぶ》したような顔をする。

「だから、あたしが親代わりとしてついて行くんじゃないか！　おさとがどれだけ我《が》勢者《せいもの》（働き者）か皆に話し、靖吉さんが三日に一度野菜を売りに来るうちにすっかりおさとを気に入ってしまい、それで此度《こたび》、後添いをという段になって、意を決しておさとに想いを打ち明けたのだ、とそんなふうに言えば筋が通るじゃないか……」

　正蔵が眉を開き、ポンと手を打つ。

「あっ、そういうことか！　それなら、おさとは不義を働いたのじゃねえってこと……。そのためには、おさとの雇《やと》い主の女将さんが親代わりとして傍についていたほうがいいってことか……」

「けど、おひろちゃんがおさとに懐いていることは、どう説明します？」

　どうやら、おはまはまだ気になるようである。

「そんなの簡単さ……。だって、靖吉さんは時折おひろちゃんを連れて得意先廻りをしていたんだよ？　そのとき、おさとと親しくなったとしても不思議ではないからね」

「ああ、それならね……」

　おはまもやっと納得したようである。

「それにさ、あたしがついて行くには、もうひとつ理由《わけ》があってさ……」

「理由といいますと?」

おはまが首を傾《かし》げる。

「あたしがついて行ったからには、祝言の日取りを決めてこようと思ってさ! きっと、向こうは靖吉さんが二度目でもあるし、かみさんの一周忌も済んでいないとなると、祝言を挙げなくてよいと言うのじゃないかと思ってね。けど、それじゃ、おさとが可哀相じゃないか……。靖吉さんには二度目であっても、おさとにとっては初めてのことだし、ささやかであっても、形だけでも祝言を挙げてやりたくてね……。それには、おさとの親代わりのあたしの力が必要となる……。祝言の掛かり(費用)はこっち被《かぶ》りってことにすれば、文句を言う者はいないだろうからさ!」

お葉が片目を瞑《つぶ》ってみせると、正蔵も頷いた。

「ようがす! あっしも賛成でやす。おさとは実のおとっつァんとの間にあんなことがあったんだ。せめて、祝言を挙げて祝ってやらなくっちゃな!」

「そうだよね。ええ、あたしも賛成ですよ。それで、いつ行かれるのですか?」

おはまがお葉の顔を覗き込む。

「そのことなんだがね。帰り道、靖吉さんと相談したんだが、明日が鍬始めで、お百姓は小正月から農耕準備に入るというからね……。となると、明日は避けるとして、十二日から十四日までの三日しかない。それで、靖吉さんが言うには、十三日がよいのじゃなかろうかって……」

「明々後日《しあさって》ということでやすね。解りました」

正蔵とおはまが領く。

「ところで、靖吉さんの親戚とは初顔合わせだというのに、おさとに何を着せて行こうかね……」

お葉が困じ果てた顔をして、おはまに目をやる。

おはまも首を傾げた。

「おさとは木綿《もめん》の着物しか持っていませんからね。けど、此度は挨拶《あいさつ》なんだし、着飾ることはないんじゃありませんか？　むしろ、ちゃらちゃらした絹物《きぬもの》を着ていると、百姓の嫁には……、と反感を買いかねませんからね」

「それも一理ある……。けど、現在《いま》はまだ嫁に行ったわけじゃないんだから、せめて紬《つむぎ》の着物を着せてやりたいじゃないか……」

お葉が太息を吐くと、正蔵が割って入る。

「だったら、おちょうの着物を着せてやればいいじゃねえか」

「おちょうの着物って、あの振袖《ふりそで》のことを言ってるのかえ？」

「てんごう、てんごうを！　振袖なんか着せたんじゃ、それこそ、靖吉さんの身内から白い目で見られちまう！　これだから、男ってェのは分別に欠けてるんだ。いいから、おまえさんは口を挟《はさ》まないでおくれ！」

お葉とおはまに睨めつけられ、正蔵があたふたと見世に戻って行く。

すると、おはまは何を思ったのか厨に入って行き、おさとを呼んだ。

「今、手が空《す》いてるかえ？」

「夕餉《ゆうげ》の味噌汁を作っているところですけど……」

「そうかえ……。じゃ、夕餉が終わってからでいいので、おまえの着物を持って茶の間に来ておくれ」

「あたしの着物って、どれのことを言われてるんですか？」

「袷《あわせ》を全部だよ」

「全部……。はい、解りました」

おさとは怪訝《けげん》そうに首を傾げ、再び、竈《かまど》に戻って行った。

おはまが茶の間に戻って来る。

「夕餉の後、おさとに袷を全部持って来るようにと伝えましたんで、とにかく、それを見たうえで判断することにしましょうか」

「そうだね、それがよいかもしれない。現在《いま》持っている着物じゃ間尺《ましやく》に合わないと判断したら、そのとき、お文さんに相談すればいいんだもんね！」

お葉とおはまが顔を見合わせる。

が、お葉の腹はすでに決まっていた。

おさとの親代わりなんだもの、ここはなんでも、着物の二、三枚は持たせてやろう

……と。

翌十一日は鏡開《かがみびら》きである。

朝餉《あさげ》の席で清太郎がおはまに問いかける。

「今年の餅割りは朝次がやるって聞いたけど、本当なの？」

「ああ、朝次は力持ちだからね」

「そんなの嫌《いや》だ！　おいらが割る」

「清坊は手習塾があるだろう？」

「だから、おいらが戻って来るまで待っていておくれよ」

「ああ、朝次に伝えておこうね。午前中にやっちまうと言ってたけど、毎年清坊も手伝うんだからと言えば、待ってくれるだろうからさ」

「今日の小中飯《こじゆうはん》（おやつ）は善哉《ぜんざい》だね！」

「ああ、そのつもりで夕《ゆん》べから小豆《あずき》を水に浸《つ》けておいたからさ」

「ヤッタ！」

清太郎の燥《はしや》ぎ声を聞き、お葉がくすりと肩を揺らす。

「清太郎ったら、手伝うといったって、斧《おの》を二度ほど振り下ろしたら、すぐに音《ね》を上げちまうくせしてさ！」

「あとは小僧委《まか》せ……。が、それでも自分が割ったことにするんだから、清太郎もちゃっかりしてるぜ」

龍之介がちょっくら返すと、清太郎がムッとして唇を尖《とが》らせる。

「だって、斧が重いんだもの、しょうがねえじゃねえか！」

清太郎がそう言うのも道理ごもっとも……。

鏡餅は切ることを忌《い》み斧で割るのであるが、石のように硬くなった餅を割るのは容易ではなかった。

大の大人が二人がかり、三人がかりで割るのであるから、清太郎が手伝うといってもほんの真似事《まねごと》にしかすぎない。

が、今年は力にかけては誰にも引けを取らない朝次がいるとあって、大船に乗った気でいられる。

男衆《おとこし》が餅を割り、女衆《おなごし》が善哉を……。

こうして正月行事が幕を閉じるのであった。

お葉は食後の茶を淹れながら、おはまに声をかけた。

「朝餉を済ませたら、ちょいと古手屋《ふるてや》を覗いて来るよ」

おはまが了解とばかりに目まじする。

昨夜、おさとの給を見たのだが、三枚とも藍絣《あいがすり》で、一枚は幾何学《きかがく》模様、もう一枚が十字繋《じゅうじつな》ぎ、そして残りが井桁絣《いげたがすり》……。

三枚とも何度も水を潜ったとみえ、色が褪《あ》せていたり、袖口が擦り切れていた。

お葉はおはまと顔を見合わせ、肩息《かたいき》を吐いた。

常着《つねぎ》としてならこれでも構わないが、どう考えても、慶事には相応《ふさわ》しくない。

「やっぱり、明日にでもお文さんのところに行って来るよ。めでたいことなんだから、いくら派手なことは控《ひか》えるといっても、せめて黄八丈《きはちじょう》か結城紬《ゆうきつむぎ》くらいは誂《あつら》えてやりたいからね」

お葉がそう言うと、おはまも頷いた。

「それがようございます。裁《た》ち下ろしというのではなく、古手屋で誂えたものなんですもの、決して贅沢《ぜいたく》とは思われないでしょうからね」

おさとはお葉から挨拶用の着物を古手屋で誂えると聞き、気を兼《か》ねたように固辞した。

「そんな、いけません！　女将さんにはこれまでさんざっぱら迷惑をかけてきたというのに、このうえ着物まで誂えてもらうなんて……。ですから、お気持だけ有難く頂戴《ちょうだい》いたします」

「天骨《てんこち》もない！　おまえのおっかさんが生きていたら、娘にこんな着古しを着せてめでたい席に臨《のぞ》ませると思うかえ？　あたしはさァ、おまえのおっかさんになったつもりなんだからね。娘の晴れ舞台に、せめて絹物をと思って、それのどこが悪い？　それにね、打掛《うちかけ》とまではいかないまでも、祝言には留袖《とめそで》くらいは着せたいと思ってるんだからさ」

お葉の言葉尻が強かったせいか、おさとは項垂れ、はい、と答えた。

それで、思いたったが吉日《きちじつ》とばかりに、朝一番にお文の古手屋を覗くことにしたのだが、正《まさ》な話、お葉は興奮してよく眠れなかったほどである。

黄八丈は外せないとして、あとは結城か久留米《くるめ》か……、大島《おおしま》もいいなあ……。

お葉は頭の中であれこれ考え、これが娘を嫁《とつ》がせる母親の気持なのだろうか、と思った。

母親の気持といえば、父親《てておや》の気持はどうなのであろう……。

そう思ったとき、仲蔵の渋顔が眼窩《がんか》を過ぎった。

往々《おうおう》にして、父親《てておや》というものは娘の嫁入り仕度まで気が廻らないものである。

父親《てておや》には娘を嫁がせる寂寥《せきりょう》とした想いしかないのではなかろうか……。

ああ……、仲蔵は相手が靖吉だから業腹《ごうはら》なのではなく、おさとを他の男に盗《と》られることを忌々《いまいま》しく思っているのだ。

名主の次男であれば、嫁に出したとしても、すぐ近くにいられる。

孫が生まれれば、子守をすることも出来るのである。

それに、何が一番気に食わないかといって、おさとが靖吉に惚れたということほど気に食わないものはない。

女房に死なれ、男手ひとつで目の中に入れても痛くないほどに可愛がってきたおさと……。

そのおさとが、他の男に心を奪われてしまうなんて……。

おとっつァん、あたしは何もかもを解っていて、それで靖吉さんを好きになったの。この男《ひと》のためならなんだって出来る、この男《ひと》の支えになりたいのよ！

仲蔵には、おさとのその言葉ほど応《こた》えたものはないだろう。

理屈ではそれが父娘《おやこ》というもので、父親《ておや》は娘の幸せを祈る以外にはないのだと解っていても、おそらく、仲蔵は敗北と思ったであろうし、今頃は、いったん振り上げた拳《こぶし》を下ろせずに憤悶《ふんもん》としているのに違いない。

そう思うと、お葉は仲蔵が憐《あわ》れで堪らなくなった。

現在《いま》、一番後悔しているのは仲蔵なのである。

「おっかさんの溺死体が中川に浮いたのは翌朝のこと……。おとっつァん、子供心にも見ていられないほど嘆いてさァ……。おっかさんの身体にしがみつき、身も世もないほどに泣き崩れてね。そんなに哀しむのなら、なぜあのときおっかさんを家に入れてやらなかったのか……。おとっつァん、そのことがずっと悔いになって残っていたのか、以来、後添いを貰わず、あんちゃんとあたしを男手ひとつで育ててくれたの……」

おさとの言葉が甦《よみがえ》る。

仲蔵さん、またもや悔いを残してもいいのかえ？

お葉は闇《やみ》の中で仲蔵に問いかけた。

だが、お葉にもどうしてよいのか判らない。

今さらお葉が差出《さしで》すれば藪蛇《やぶへび》で、かえって話が拗《こ》れてしまうであろう。

やはり、ときが解決するのを待つより仕方がないのでは……。

そうさ、おさとはおっかさんのように死んで姿が消えちまうのではないから、辛抱《しんぼう》していれば、いつの日か必ずや雪解けのときが来る……。

そう思うと、いくらか心が楽になり、お葉はやっと眠りに就《つ》いたのだった。

一夜明け、朝餉の前にお葉は厨のおさとに声をかけた。

「今日、古手屋を覗いて来るからね。なんなら、おまえも一緒に行くかえ?」

おさとは慌てて、いいえ、あたしは……、と頭《かぶり》を振った。

「じゃ、あたしに委せておくれね。ところで、政女さんの姿が見当たらないようだけど……。確か、今日から勝手方を手伝うのじゃなかったかえ?」

お葉がおはまを見ると、おはまも訝しそうな顔をした。

「仕分け作業のときは見世に出るのが五ツ(午前八時)でよかったが、勝手方を助《す》けるのなら六ツ半(午前七時)には厨に入るんだよって言っておいたんですけどね……。もう少し待っても来ないようなら、小僧を材木町の裏店に走らせましょう」

おはまが苦々しそうに言い、それでお葉は茶の間に戻ったのである。

その後、政女は来たのであろうか……。

お葉は突然政女のことを思い出すと、茶を口に含み、正蔵に目をやった。

「それで、政女さんは来たのかえ？」

「いえ、それがまだ……」

「なんだって！　もうとっくに五ツを過ぎているというのに、まだ顔を出さないとは……」

「では、市太に様子を見に行かせやしょう」

「場所は判っているのかえ？」

「ええ、以前、望月さまが住んでいなさった裏店ですんで、市太なら判ると思いやす」

正蔵が蕗味噌を嘗めたような顔をして、店衆《たなし》の食間へと立つ。

「望月さんの裏店なら俺も知っているが、なんなら一緒に行こうか？」

龍之介がお葉を見る。

お葉はおはまと顔を見合わせた。

「そのほうがいいかもしれないね。市太じゃ、何かあったときに、とっさの機転が利《き》かないだろうからさ……」

「何かあったときとは……」

お葉の言葉に、おはまの頬にさっと不安の色が走った。

どうやら、おはまは政女の亭主に異変があったとき……、と解釈したようである。


それからしばらくして、市太が息せき切り駆け戻って来た。

「大変《てえへん》でやす！　政女さんの旦那《だんな》が息も絶え絶えで……」

えっと、お葉も正蔵も息を呑《の》んだ。

「息も絶え絶えって、じゃ、危篤《きとく》ってことなのかよ！」

正蔵が甲張った声を張り上げる。

「医者は？　医者を呼んだんだろうね」

お葉も思わず大声を上げると、その声に、おはまが慌てて厨から茶の間に駆け込んで来た。

「なんだって！　ああ、やっぱり……」

　おはまはそう言うと、女将さん、どうなさいます？　行かれます？　とお葉を窺う。

「ああ、そりゃ行くさ。行くに決まってるじゃないか」

　お葉は立ち上がると、身仕度を始めた。

　すると、市太が怖々《こわごわ》と鼠鳴《ねずみな》きするように呟く。

「政女さんも怪我《けが》をしていて、それなのに、旦那の血を止めようと懸命になっていて……。おいら、戸田さまに言われて添島さまのところに走り、その脚《あし》でここに知らせに戻って来たんだ……」

　市太の言葉に、全員が色を失った。

「政女さんも怪我って……」

「旦那の血を止めるって、いったいそれは……」

「判んねえ……。おいら、判んねえ……。けど、戸田さまが言うには、刀傷《かたなきず》だって……」

　では、刃傷沙汰《にんじようざた》があったというのであろうか……。

　とにかく、こうしてはいられない。

「正蔵、行くよ！　おまえもついておいで……。ああ、それから、市太、友七親分に知らせに走っておくれ！」

　市太が挙措を失い、表に飛び出して行く。

　お葉と正蔵は材木町の四郎店《しろうだな》に急いだ。

　路次口《ろじぐち》を入ると、裏店の住人が政女の部屋の前で額を集め、心配そうに目引き袖引き中を覗き込んでいた。

「おお、済まねえな。ちょいと道を空けてくんな！」

　正蔵が人立《ひとだち》を搔《か》き分け、部屋の中に入って行く。

「宰領《さいりよう》、おお、女将さんも……」

　龍之介がハッと振り向いた。

　龍之介の傍には、蒼白な顔をして横たわる政女が……。

　すると、政女の亭主の手当をしていた添島立軒が、龍之介を瞠め首を振った。

「手後《ておく》れだ……」

「それで、政女さんは？　この女《ひと》はどうなんでしょう」

　お葉がせっつくように言うと、立軒はふうと太息を吐いた。

「肩に創傷《そうしよう》を負《お》っているが、幸い浅傷《あさで》でな。生命《いのち》に別状はないだろう。亭主のほうは腹を斬《き》られていたが、傷そのものは急所を外れていた……。が、如何《いかん》せん、労咳《ろうがい》で身体が衰弱していたのでは保《も》つものも保たぬのでな……」

「創傷って、いったい、何があったんですか？　戸田さま、政女さんから何か聞いていないのかえ？」

龍之介は弱りきったような顔をした。

「何しろ、俺がここに駆けつけてみると、政女さんがご亭主の腹を手拭《てぬぐい》で塞ぎ、懸命に出血を止めようとしていてな……。それで市太に急ぎ添島さまを呼びにやらせたのだが、政女さんは俺が来たのを認めるや、意識を失ってしまってよ……。そのとき初めて、政女さんも斬られていることを知ったわけで、この女《ひと》の口からまだ何も聞いてはおらぬ……」

「じゃ、賊《ぞく》は旦那を斬り、止めに入《へえ》ったか逃げようとした政女さんも斬って、姿を消したと？　けど、こんな朝っぱらに賊が入《へえ》るなんて……。しかも、こんな病人のいる瘦所帯《やせじょたい》に入《へえ》ったところで、盗るものなんてなかろうものを……」

正蔵が腑《ふ》に落ちないといった顔をする。

「いや、盗るものはある。現に、こうして亭主の生命《いのち》を奪ったではないか……」

「じゃ、これは恨《うら》みからってこと……」

お葉が絶句する。

「おそらく、そうであろう。この傷口を見ると、小太刀《こだち》で斬られたものと思えるのでな」

立軒が眉根を寄せる。

「添島さまが言われるように、武家同士の諍《いさか》いと見て、まず間違いないだろう……。というのも、政女さんの悲鳴を聞きつけ表に飛び出した裏店の連中が言うには、四十路《よそじ》もつれの男が路次口から外に駆け出して行くのを見たそうでよ……。なんでも、その男、片脚を引き摺《ず》っていたそうな……」

お葉は言葉を失った。

考えてみれば、政女のことはほとんど知らないのである。

その想いは正蔵も同様のようで、口惜《くちお》しそうに唇を嚙み締めているではないか……。

「とにかく、この女ごをここに置いておくわけにはいかない。診療所に連れ帰るが、いいな?」

立軒に瞠められ、お葉は慌てて頷いた。

正蔵が通路に出て、裏店の連中に大八車《だいはちぐるま》を用意してくれと伝えると、そこへ友七親分と下《した》っ引《び》きたちが駆けつけて来た。

友七は部屋の中に入ると、飛び散った血飛沫《ちしぶき》に眉を顰《ひそ》め、立軒に訊ねた。

「それで、どんな按配《あんべえ》で？」

「亭主のほうは絶命した……。女ごは肩を斬られているが、生命《いのち》に別状はないだろう。だが、衝撃が大きかったことと出血のために意識を失っている……。親分にしてみれば、何があったのか仔細《しさい》を質《ただ》したいのであろうが、現在《いま》は無理というもの……。この女ごは診療所に連れ帰るので、何か訊きたいのであれば、もう少し安定してからにしてほしい」

立軒はそう言うと、代脈《だいみやく》（助手）に政女を大八車に運ぶようにと命じた。

だが、亭主の遺体はいったいどうすればよいのであろう……。

お葉は正蔵に傍に寄れと指で合図すると、耳許《みみもと》に囁《ささや》いた。

「短い期間だったとはいえ、政女さんは日々堂の店衆……。ここはうちが責任を持って対処しなきゃならないと思うんだが、おまえ、どう思うかえ？」

「相済みやせん。あっしがよく調べもしないで雇っちまったもんだから……。ええ、女将さんがおっしゃるとおりでやす。無責任なことをしたんじゃや、日々堂の顔を潰すもんじゃねえと先代にどしめかれ（怒鳴られ）ちまう……」

正蔵が気を兼ねたように言う。

「じゃ、大家に渡をつけ、亭主の通夜、野辺送《のべおく》りを四郎店で仕切ってくれるように頼み、部屋の損料《そんりよう》、迷惑料込みで、掛かりはうちが払う手はずを調《ととの》えておくれでないか……」

「解りやした。それで、女将さんはどうなさいやす?」

「あたしは政女さんが気になるんで、診療所に脚を運んでみるよ」

お葉と正蔵がそんなひそひそ話をしていると、龍之介が思い詰めたような顔をして割って入って来た。

「俺は今川町の七福を訪ねてみることにする」

「七福? あっ、望月さまでやすね。それがようござえやす。政女さんを紹介したのは望月さまで、望月さまは政女さんがこの裏店に入《へえ》る世話もなさったのでやすからね。ということは、あの夫婦と望月さまは知己《ちき》の仲……。なにゆえこんなことになったのか判るかもしれやせんからね」

正蔵がそう言うと、裏店の住人に聞き込みをしていた友七が中に入って来た。

「駄目だ……。誰一人として、あの夫婦を斬った男を真面《まとも》に見ちゃいねえ……。で、なんだって? 今、七福を訪ねると言ったように思うんだが、いってえ、どうして……」

友七がじろりと龍之介を睨めつける。

正蔵が慌てて政女と望月要三郎の関係を話すと、友七は目から鱗が落ちたような顔をした。

「なんでェ、早く言えよな、そういうことは……。戸田さま、俺も行くからよ！」

そうして、お葉は佐賀町に、龍之介と友七が今川町、正蔵は大家の許《もと》へとそれぞれに散っていった。

現在《いま》、材木町の四郎店の部屋に遺体となって寝かされているのは、政女の亭主ただ一人……。

そういえば、あたしはあの男の名前も知っちゃいなかったんだ……。

そう思うと、お葉の胸は遣り切れなさで一杯となった。


七福の番頭は龍之介の顔を見ると驚いたように帳場から出て来たが、龍之介が友七や下っ引きを引き連れているのを認めると、さっと緊張の色を走らせた。

「戸田さまと親分がご一緒とは……。何か手前どもに失態でも……」

番頭は恐る恐る友七の顔を窺った。

「ここの帳付《ちょうづけ》に、望月という浪人がいると聞いたんだがよ」

「ええ、おりますが、望月さまが何か？」

「ちょいと訊きてェことがあってよ。呼んで来てくれねえか……」

番頭が望月を呼んで来るようにと手代に目弾《めはじき》をする。

「込み入った話のようでしたら、客間をお使い下さいまし……」

番頭がちらと龍之介を流し見る。

おそらく、店先に十手《じって》持ちがいたのでは、他の客に痛くもない腹を探られかねないと思っているのであろう。

龍之介は友七に、そうさせてもらおうではないか、と目まじした。

そこへ奥から望月が出て来た。

「戸田どのではないか！　あっ、これは……」

望月が友七を見て、訝しそうな顔をする。

「蛤町の親分だ。ちょいと政女さんのことで、親分がおぬしに訊きたいことがあるそうでよ……」

龍之介がそう言うと、望月は目をまじくじさせた。

「政女さんのことで？」

「とにかく、ここでは人目に付く……。番頭が客間を使えと言ってくれたので、そこに参ろうか……」

龍之介が望月を促す。

「さあ、こちらにどうぞ……」

手代が龍之介たちを客間に案内する。

籬《まがき》で仕切られた見世の脇に通路があり、内蔵《うちぐら》を過ぎると中庭が広がっていて、その奥が母屋のようである。

手代は母屋の玄関を潜ると、客間に龍之介たちを導いた。

「生憎《あいにく》、主人《あるじ》が留守をしていまして……。番頭が同席したほうがよければ呼んで参りますが……」

手代が皆に座布団《ざぶとん》を配りながら言う。

「いや、それには及ばない。番頭に伝えてくれねえか。望月さんに用といっても、この男《ひと》のことではないのでな。知り合いのことを訊ねたいだけなんで、余計な気を遣わないでくれと……」

友七が安心させるように言うと、手代はほっと眉を開き去って行った。

「ところでだ……」

友七が望月を睨めつける。

「戸田さまから聞いたんだが、おめえさんが政女という女ごを日々堂に紹介したそうだな？　そればかりじゃねえ。材木町の裏店もおめえさんの世話だとか……。さっき、四郎店の大家から聞いてきたんだが、北里という男はおめえさんの古くからの友人だそうで、あの夫婦が四郎店に入《へえ》る際、奴らの為人《ひととなり》はおめえさんが保証すると言ったそうではないか……」

「ええ、それに間違いはありませんが、それが何か……。というより、政女さんに何かあったのですか？」

望月が不安そうに友七を見る。

「実はよ、今朝のことなんだが、政女さんの部屋で刃傷沙汰があってよ……」

「刃傷沙汰……」

望月が絶句する。

「何者かに押し入られ、夫婦共々、斬られてよ……」

「えっ……、それで、二人は……」

「旦那のほうは腹を斬られて絶命したが、女房のほうは肩に袈裟懸《けさが》けを食らってよ。

が、浅傷のようで、生命《いのち》に別状はねえ……」

「……………」

望月が信じられないといった顔をして、龍之介に目をやる。

「それでだ、あの夫婦の古くからの知り合いというおめえさんに、下手人《げしゅにん》の心当たりはねえかと思ってよ……。裏店の住人が路次口から逃げ去る男を目にしたそうなんだが、四十路もつれの男で、片脚を引き摺っていたそうな」

ああ……、と望月が目を閉じる。

「どうしてェ。その様子じゃ、どうやら下手人に心当たりがあるようだのっ」

「心当たりというか、それがし、いや、俺が知っている男に、一人だけ条件に当て嵌《は》まる男がいて……。といっても、これは政女どのから聞いた話で、実際にその男に逢ったわけではないのだが……」

望月が苦りきった顔をする。

「というと？」

龍之介が身体を乗り出す。

「実は、北里辰之助《たつのすけ》、ああ、これが政女どののご亭主の名前でしてね。といっても、辰之助と政女どのは本当の夫婦《めおと》ではない……」

望月の言葉に、龍之介と友七が、えっ、と声を上げる。

「いってえ、それはどういうことなんでェ！」

友七が焦《じ》れったそうに言う。

「政女どのは澤村頼母《さわむらたのも》どのの妻女で、北里は澤村家の若党《わかとう》だった……。澤村家は古河《こが》藩《はん》の馬廻り組組頭《うままわりくみがしら》の家格なのだが、当主の頼母というのが酒癖《さけぐせ》の悪い男で、酔うと妻女に狼藉《ろうぜき》を働き、それはもう、手のつけられない状態だったとか……。それで、見かねた北里が政女どのに澤村の家を出ることを勧《すす》めたのだが、実家《さと》に戻ったのではすぐに連れ戻されてしまう……。それで、北里が江戸の知人を頼って連れて逃げようとしたのだが、古河をなんとか潜り抜けたところで、澤村の追っ手と一戦交《まじ》えることになったそうでな……。片脚を引き摺っていたというのは、そのときの追っ手の一人、谷崎総二郎《たにざきそうじろう》だと……。谷崎は北里に脚の付け根を斬られて二人を取り逃がしてしまい、以来、取り逃がしたことに激怒した澤村頼母は谷崎を扶持離《ふちはな》されにしたようで……」

望月は懐手にした腕を解《ほど》くと、太息を吐いた。

「俺が北里と政女どのに出逢ったのは、二人が江戸の知人から見放され、本所石原町《ほんじょいしわらちょう》の裏店に転がり込んで来たときだ。一時期、俺もそこに住んでいたことがあってよ。同じ浪人ということで、俺たちはすぐに昵懇《じっこん》の間柄となった……。それで、あの二人が江戸に来た経緯《いきさつ》を知ったわけなのだが、澤村家では政女どのを病死として藩に届け出たそうだ……。おそらく、古河には二度と戻って来ないと見て、そのまま女《め》仇《がたき》として深追いするより、亡くなったことにしたほうがよいと判断したのだろうて……。つまり、澤村家とは縁が切れたということ……。北里と政女どのは江戸に出てからは夫婦《めおと》として暮らすようになり、北里は傘張《かさは》りや楊枝《ようじ》作り、政女どのが針仕事をして立行してきたそうでよ。あの頃は、北里もまだ胸を病《や》んではいなかった……。あの二人と深く関わったのは三年ほどで、俺が深川材木町の裏店に移ってからは、付き合いが途絶えてな。ところが、一昨年《おとどし》の十月、そう、俺が戸田さんに七福を紹介された頃のことだが、たまたま二ツ目橋で政女どのに再会してよ……。そのとき、北里が胸を病み、石原町の裏店の大家から店立《たなだ》てを迫られていると聞いたのよ。それで、俺が四郎店の大家に掛け合ってみることにした……。むろん、北里が胸を病んでいることとは伏せてのことだ……。とにかく住まわせてしまえば、あの大家のことだ、石原町のように胴欲《どうよく》(非道)なことはしないだろうと思ってよ……」

望月はまたまた太息を吐いた。

「よし、そこまでは解った！　けどよ、望月さんよォ、おめえの話は長《なげ》ェや……。俺たちが知りてェのは、なにゆえ谷崎という男が二人を斬ったのかってことでよ」

せっかちな友七が、気を苛《いら》ったように言う。

「おそらく、おそらくだが……。俺が思うには、谷崎は北里に脚を斬られ、それが原因《もと》で主人《あるじ》の逆鱗《げきりん》に触れ暇《ひま》を出されたことで、北里を逆恨《さかうら》みしたのでは……。傷の癒《い》えた谷崎は血眼《ちまなこ》になって江戸の町々を捜し歩き、やっと二人が深川材木町の裏店にいることを突き止めた……。しかも、以前の北里なら谷崎はとても太刀打《たちう》ち出来ないが、奴にとって幸いなことに、北里は病の身……。おそらく、千載一遇《せんざいいちぐう》の機宜《きぎ》と思ったのだろう。と、まあ、俺はそのように推量するのだが、違うだろうか?」

望月が龍之介に目を据える。

「ああ、おぬしの話を聞いていると、俺もそのように思えてきた」

龍之介が頷く。

「では、おめえさんの推量が当たっているとして、その谷崎という男はどこにいるのよ……」

友七に睨めつけられ、望月が、さあ……、と首を傾げる。

「知りませんよ、そんなこと！　俺が知るわけがない。第一、俺は谷崎なんて男には逢ったこともないのですからね」

「こりゃ、おてちん（お手上げ）でェ！　この広い江戸で、どうやって谷崎を捜せばいいのよ。片脚を引き摺る男といっても、そんな男は江戸にはごまんといる……。第《で》一《え》、誰もその男を見てねえんだから、雲を摑《つか》むような話でよ……」

友七が途方に暮れた顔をする。

「唯一《ゆいいつ》、谷崎の顔を知っているのが政女さんってわけか……。が、政女さんはまだ話を聞ける状態ではない。親分、ここは政女さんが恢復《かいふく》するのを待つより方法がないのでは……」

龍之介がそう言うと、友七も諦めたような顔をして、ああ、そういうこった……、と呟いた。

「邪魔したな」

友七が立ち上がる。

「それで、二人は現在《いま》どこに？」

望月が龍之介に訊ねる。

「政女さんは添島さまの診療所に運ばれたが、北里はこれから四郎店で通夜となるだろう……」

「では、政女さんは北里を見送ることが出来ないってこと……」

「ああ、可哀相だが、そういうことになるだろうな」

「では、それがし、いや、俺も……」

望月がむくりと立ち上がる。

「おぬし、いったいどこに行こうというのよ」

龍之介が驚いたように言うと、望月は辛そうに顔を歪《ゆが》めた。

「決まってるさ。北里を見送ってやるのよ。俺に出来るのは、せいぜいそのくらいのことだからよ。短い間だったが、水魚《すいぎょ》の交わりをした仲だ。裏店の連中だけに委せておけないからよ……」

改めて、龍之介は望月の中に男を見たように思った。

こいつ、やっぱり、善《よ》い男なのだ……。

「よし、俺も付き合おうではないか!」

龍之介は望月の肩をポンと叩《たた》いた。


お葉は添島立軒の診療所を出ると、溜息を吐いた。

政女の意識が戻り、立軒もこの分なら傷の恢復は早いだろうと言うのであるが、どうやら、身体の傷より心の疵《きず》のほうが大きいとみえ、政女ははらはらと涙を零《こぼ》すばかりで、会話にはならなかった。

無理もないだろう。

辰之助の通夜にも野辺送りにも立ち会えなかったのであるから……。

「大丈夫だよ。四郎店の大家にご亭主を手厚く葬《ほうむ》ってくれるように頼んできたし、あたしはどちらにも参列出来なかったんだが、望月さんや戸田さまが通夜、野辺送りを徹《とお》して付き添ってくれたからさ」

お葉がそう慰《なぐさ》めると、政女は、わたしだけ……、わたしだけ助かって申し訳ない……、と譫言《うわごと》のように呟き、友七が事件のことについて訊ねようにも、話にならなかったのである。

それで、もう少し様子を見るより仕方がないだろうということになり、お葉は日々堂に引き返すことにしたのだが、胸は重く塞がれていた。

やはり、明日の寺嶋村行きは、日延べしたほうがよいのであろうか……。

だが、明日を逃《のが》すと、百姓たちは農耕準備に入ってしまう。

お葉はそんな想いに逡巡《しゅんじゅん》しながら、家路についたのである。

日々堂に戻ると、正蔵とおはまが待ち構えたように茶の間に入って来た。

「どうでした？　政女さんの具合は……」

おはまが怖々とお葉を窺う。

「ああ、意識は戻った……。傷も思ったより浅傷でね。添島さまもこの分なら恢復が早いだろうと……。けど、可哀相に、心の疵が深くてね……」

「そりゃそうだろうて……。目の前で亭主が斬り殺されたんだからよ。けど、身体の傷が軽かっただけで、よしとしなくっちゃな」

正蔵が安堵《あんど》したように言う。

「何言ってんのさ！　考えようによっては、身体の傷より心の疵のほうが深刻なんだよ。身体は日にち薬で、ときが経《た》てば治るけど、心の疵はそうはいかないからさ……」

おはまが正蔵に食ってかかる。

「そりゃそうかもしれねえが、俺ャ、取り敢《あ》えず身体のほうだけでも恢復してくれればと思ってよ……。それで、政女さんは事件のことについて何か喋《しやべ》りやしたか？」

お葉は首を振った。

「まだ何も……。友七親分も政女さんを思い遣ってか、もうしばらく様子を見ようと言ってくれてね」

「下手人が望月さまの言う男だったとしても、政女さんがあんな調子なんだから、捜し出すのは容易じゃない……」

おはまがそう言うと、お葉が仕こなし振りに頷く。

「案外、捜し出さないほうがよいってこともあるしね」

えっと、正蔵とおはまが訝しそうにお葉を見る。

「それは、下手人捜しなどしないで、そっとしておくほうがいいってことで?」

「いったい、なぜ……」

「だって、そうだろう? 下手人を捕まえたところで、辰之助って男は戻ってこないんだ。昨日話したと思うが、ことの発端《ほったん》は政女さんが本当の亭主から逃げたことにあるんだからさ……。谷崎という男は主人《あるじ》の命《めい》で政女さんたち二人を追い、そのために脚が不自由になって扶持も失った……。すべてが逆恨みした谷崎の意趣返しだとしたら、谷崎を捕まえてみてもそのときのことを思い出すだけで、政女さんに辛い想いをさせるのじゃないかえ? だって、政女さんは自分のせいで辰之助を死に追いやることになったと悔やんでいるんだからさ」

ああ……、と正蔵とおはまが納得したとばかりに頷く。

「確かに……。けど、政女さんのためにはそっとしておくほうがいいとしても、友七親分が黙ってるでしょうかね？」

正蔵が不安そうにお葉を見る。

「…………」

お葉には答えることが出来なかった。

友七がいかに人情に厚い男といっても、自分の縄張《なわば》りで人一人が殺されたというのに、何もしないで手を拱《こまぬ》いているわけにはいかないだろう。

「おまえさん、女将さんにそんなことを言ったって……」

おはまが慌てて正蔵を目で制す。

お葉は話題を替えようと、おはまを見た。

「ところで、明日のことなんだけどね……」

「明日？　ああ、寺嶋村に行かれることですね。女将さん、昨日はあんなことがあったもんだから、古手屋に行きそびれちまったじゃないですか……。なんなら、これから行って来られたらどうです？」

「そのことなんだけど、政女さんのことがあったばかりというのに、おさとの縁談に浮かれていてよいものかと思ってさ……」

お葉が困じ果てたように言う。

「えっ、じゃ、寺嶋村には行かれないと？　そんな莫迦《ばか》な……。政女さんのこととおさとのことは関係のないことですよ。政女さんにあんなことがあったからって、おさとの祝言を止めるなんて……」

おはまがそう言い、ねえ？　と正蔵に同意を求める。

正蔵も頷く。

「こいつの言うとおりでやすぜ！　女将さんは祝言をもう少し先に延ばせばよいとお思いなんだろうが、靖吉さんはおっかさんのことがあり、もう一時《いっとき》も先延ばしに出来ねえんだ……。それで、祝言を早めてェと言ってきたんですからね？　それなのに、こっちがどっちつかずでいたのでは、痺《しび》れを切らした親戚やお節介《せっかい》焼きが、勝手に後添いを決めちまっても文句は言えねえんでやすぜ？　いいんですか、そんなことになっても！」

お葉は慌てた。

「いいわけがないじゃないか！　ああ、解ったよ。じゃ、予定どおり、明日、寺嶋村に行くことにするよ」

「おさとのためにも是非そうしてやって下さいな。政女さんのほうはあたしに委せて下さい。勝手仕事の合間を見て、あたしが見舞ってやりますんで……」

おはまがそう言ったときである。

友造が茶の間に顔を出し、

「おさとの兄貴が訪ねて来てやすが……」

と言い、見世のほうを振り返った。

あっと、お葉は正蔵を見た。

「おさとの兄さん、卓一さんだよ。まあ、訪ねて来てくれるなんて……。じゃ、仲蔵さんがおさとのことを許してくれたんだね！　友造、早く、お通ししておくれよ！」

お葉が興奮したように言う。

「それが……。おさとに渡してェものがあるんで、それを渡したらすぐに帰《けえ》ると……」

友造が弱り果てた顔をする。

「すぐに帰るって、そんな莫迦な……」

お葉は立ち上がると、見世に急いだ。

卓一は風呂敷《ふろしき》包みを手に店先に佇み、場違いなところに来てしまったとばかりに上目《うわめ》に四囲《しい》を窺っていた。

「卓一さんじゃないか！　よく来ておくれだね。さあさ、そんなところに突っ立っていないで、お上がりよ！」

お葉が上がり框《かまち》で、早く早く、と手招きをする。

「いや、あっしは……。今日は親父に言われてこれを届けに来ただけなんで、すぐに失礼しやす……」

「てんごうを！　葛西くんだりから来たというのに、お茶も飲ませずに帰すわけにはいかないじゃないか！」

お葉が卓一の腕を掴むと、無理矢理、茶の間に連れて行こうとする。

それで卓一も諦めたのか、じゃ、ちょっとだけ……、と言い、上がって来た。

茶の間では、正蔵とおはまが手薬煉《てぐすね》引いて待ち構えていた。

二人ともおさとの兄卓一に逢うのは、今日が初めてのことである。

「おさとの兄さんの卓一さんだよ。卓一さん、日々堂の宰領夫婦、正蔵とおはまだよ」

お葉が両者を紹介し、卓一に座布団を勧める。

「おはま、おさとを呼んでおいで！」

「畏《かしこ》まりました」

おはまが厨に立って行く。

「先日は、遠いところをわざわざお越し下さり、有難うごぜえやした……」

卓一が頭を下げる。

「こちらこそ、突然訪ねて行き、手間をかけちまったね。あれから、仲蔵さんの機嫌《きげん》はどうだえ？　相も変わらず、これかえ？」

お葉が両手の人差し指で、頭に角《つの》を立ててみせる。

卓一はバツが悪そうな顔をして、ええ……、と頷いた。

「鉄梃親父で、いったん言い出したら退かねえもんで……。けど、おさとのことが気になっているんですよ。それで、今朝、これを届けてやれと……」

卓一が風呂敷包みを見下ろす。

「まあ、仲蔵さんがそんなことを……。で、いったい、なんだえ？　中身は……」

すると、そこにおさととおはまが入って来た。

「あんちゃん、いったい、どうして……」

おさとの顔は不安の色に包まれていた。

「まあ、お坐りよ。いえね、今朝、仲蔵さんがこれをおまえに届けてやれと言ったそうなんだよ……」

お葉が風呂敷包みを指差す。

「これ……。えっ、いったいなんなのよ?」

おさとが卓一を上目に見る。

「開ければ判る。さあ、開けてみな!」

卓一に言われ、おさとがちらとお葉を見る。

お葉は頷いた。

「いいから、開けてみな」

おさとがそろりと風呂敷包みの結びを解く。

まあ……、と全員が息を呑んだ。

風呂敷包みの中に、二つ折りにされた畳紙《たとうがみ》が収めてあったのである。

「着物じゃないか! じゃ、仲蔵さんがおさとのために着物を……。おさと、早く畳紙を開けてみな」

お葉が思わず甲張った声を上げ、おさとは畳紙の紙縒《こよ》りを解いていった。

あっと、おさとが目を瞬《しばたた》く。

「これ、おっかさんの……」

おさとはそう言い、卓一に目をやった。

卓一が満足そうに頷く。

「そうよ、おっかさんの一張羅《いっちょうら》だ。おとっつァんはなんでもこれをおめえに持たせたかったんだろうて……。朝方、長持《ながもち》の中を掻き回していたかと思うと、おいちに悟《さと》られねえように俺を表に呼び、これを今日中におめえに届けろと……」

それは、浅黄色《あさぎいろ》の鮫小紋《さめこもん》であった。

一見地味に見えるが、なかなかどうして……。

裾回《すそまわ》しに黄緑色を使ったところなど、乙粋《おついき》である。

みるみるうちに、おさとの目に涙が盛り上がった。

「この小袖、おっかさんが一番大切にしていたものなの……。それを、おとっつァんがあたしに……」

そう言った途端、弾《はじ》けたようにおさとの目から涙が零れ落ちた。

お葉の胸も熱くなる。

仲蔵が死んだ女房の大切にしていた小袖を娘のおさとに届けてくれとは……。

やはり、仲蔵も心の中ではおさとのことを許していたのである。

この小袖は、幸せになれよ、という仲蔵の言葉……。

なんとも不器用だが、仲蔵にはこんな伝え方しか出来なかったのであろう。

「それで、いつ、おさとは寺嶋村へ?」

卓一がお葉に訊ねる。

「明日だよ。明日は靖吉さんの親族に挨拶して、祝言の日取りを決めようと思ってね……。それで、あたしも一緒しようと思ってるんだが、間に合ってよかったよ! おさと、よかったじゃないか。明日、この小袖を着て行こうね」

お葉がそう言うと、卓一が嬉《うれ》しそうに目を細めた。

「間に合ってよかった! 女将さん、ひとつよろしくお頼み申しやす。あんな親父ですんで、おそらく祝言には出ねえと思いやすが、胸の内ではおさとの幸せを祈っていると思いやすんで……」

卓一がお葉に頭を下げ、おさとを見る。

「おさと、幸せになれや……。あんちゃんも祈ってるからよ。おとっつァんのことを勘弁してやってくれよな」

おさとの頬を止め処《ど》なく涙が伝う。

おさとはうんうんと頷き、涙に濡《ぬ》れた目で卓一を瞠めた。

「おとっつァんのこと、頼むね、あんちゃん……」

「ああ、委せとけ!」

お葉は堪えきれずに、手拭を目に当てた。
見ると、正蔵もおはまも目に涙を湛《たた》えているではないか……。
お葉は小袖を纏《まと》ったおさとの姿を頭に浮かべた。
そうだ、帯は裾回しと同色にしてやろう……。
明日はまだ正月のうち……。
おさとにとって、母の形見《かたみ》の小袖は、まさに春襲《はるがさね》……。
これほどの餞《はなむけ》はないだろう。

木の実雨

一〇〇字書評

切り取り線

購買動機（新聞、雑誌名を記入するか、あるいは○をつけてください）

□（	）の広告を見て
□（	）の書評を見て
□ 知人のすすめで	□ タイトルに惹かれて
□ カバーが良かったから	□ 内容が面白そうだから
□ 好きな作家だから	□ 好きな分野の本だから

・最近、最も感銘を受けた作品名をお書き下さい

・あなたのお好きな作家名をお書き下さい

・その他、ご要望がありましたらお書き下さい

住所	〒				
氏名		職業		年齢	
Eメール	※携帯には配信できません	新刊情報等のメール配信を 希望する・しない			

この本の感想を、編集部までお寄せいただけたらありがたく存じます。今後の企画の参考にさせていただきます。Eメールでも結構です。

いただいた「一〇〇字書評」は、新聞・雑誌等に紹介させていただくことがあります。その場合はお礼として特製図書カードを差し上げます。

前ページの原稿用紙に書評をお書きの上、切り取り、左記までお送り下さい。宛先の住所は不要です。

なお、ご記入いただいたお名前、ご住所等は、書評紹介の事前了解、謝礼のお届けのためだけに利用し、そのほかの目的のために利用することはありません。

〒一〇一 - 八七〇一
祥伝社文庫編集長　坂口芳和
電話　〇三（三二六五）二〇八〇

祥伝社ホームページの「ブックレビュー」からも、書き込めます。

http://www.shodensha.co.jp/bookreview/

祥伝社文庫

木《こ》の実《み》雨《あめ》 便《たよ》り屋《や》お葉日月抄《ようじつげつしょう》

平成26年9月10日　初版第1刷発行

著　者　今井絵美子《いまいえみこ》
発行者　竹内和芳
発行所　祥伝社《しょうでんしや》
東京都千代田区神田神保町3-3
〒101-8701
電話　03（3265）2081（販売部）
電話　03（3265）2080（編集部）
電話　03（3265）3622（業務部）
http://www.shodensha.co.jp/

印刷所　萩原印刷
製本所　積信堂
カバーフォーマットデザイン　中原達治

 ISBN978-4-396-34067-4 C0193

祥伝社文庫　今月の新刊

楡 周平
介護退職
堺屋太一さん、推薦！ 少子晩産社会の脆さを衝く予測小説。

西村京太郎
SL「貴婦人号の犯罪」 十津川警部捜査行
消えた鉄道マニアを追え――犯行声明は〝SL模型〟⁉

椰月美智子
純愛モラトリアム
まだまだ青い恋愛初心者たちを描く八つのおかしな恋模様。

夏見正隆
チェイサー91
日本の平和は誰が守るのか⁉ 圧巻のパイロットアクション。

仙川 環
逃亡医
心臓外科医はなぜ失踪した？ 女刑事が突き止めた真実とは。

神崎京介
秘宝
失った赤玉は取り戻せるか？ エロスの源は富士にあり！

小杉健治
人待ち月 風烈廻り与力・青柳剣一郎
二十六夜に姿を消した女と男。手掛りもなく駆落ちを疑うが。

岡本さとる
深川慕情 取次屋栄三
なじみの居酒屋女将お染の窮地に、栄三が下す決断とは？

仁木英之
くるすの残光 月の聖槍
異能の忍び対甦った西国無双。天草四郎の復活を目指す戦い。

今井絵美子
木《こ》の実《み》雨《あめ》 便り屋お葉日月抄
泣き暮れる日があろうとも、笑える明日があればいい。

犬飼六岐
邪剣 鬼坊主不《ふ》覚《がく》末法帖
欲は深いが情には脆い破戒僧。陽気に悪を断つ痛快時代小説。